www.battelloavapore.it

Titolo originale dell'opera: The Leanin' Dog

Impaginazione e redazione: Evoluzione Alfa

I Edizione 2012

Stampa: Mondadori Printing S.p.A. - Stabilimento NSM - Cles (Trento)

Storia di un cane *speciale*

K. A. Nuzum

Storia di un cane speciale

Traduzione di
Francesca Capelli

Illustrazioni di
Linda Cavallini

PIEMME

Alla mia mamma,
Ruth Betty Glenna Cline Weedman Nuzum
1918-2006

1

Come ogni giorno

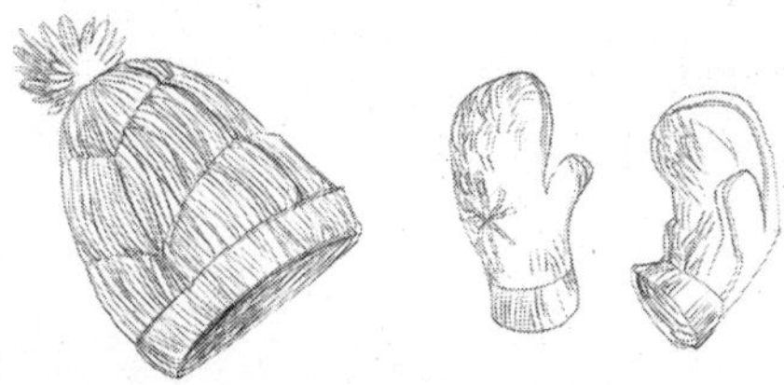

Infilai le trecce nella cuffia di lana, che pungeva e mi dava il prurito, la abbassai sulle orecchie e andai alla finestra della nostra casa di legno, così piccola in mezzo alle montagne. Sfiorai con il naso la superficie fredda del vetro.

La neve aveva ripreso a cadere. Pesante e spessa come il sipario di velluto del teatro che sta in città. Mi riempii gli occhi di quella visione, me li stropicciai, infine aprii le braccia. Le mossi su e giù, molto lentamente, come facevo quando, sdraiata nella neve fresca, volevo lasciare la perfetta impronta delle ali di un angelo, con il freddo e l'umidità che filtravano dai pantaloni e dalla giacca e la neve che mi scendeva giù per il collo. Me lo ricordavo bene.

Il mio sguardo vagava sul terreno coperto di neve. Papà

diceva che era come «leggere il giornale del mattino». Diceva proprio così. Calcolai che, durante la notte, sulla cima dei tre vecchi alberi fossero caduti almeno altri dieci centimetri. Un coyote aveva camminato sulla neve fresca e si era fermato ad annusare qualcosa ai piedi del grande pino, a lato della veranda. Doveva essere arrivato durante la notte: il bordo delle orme si era indurito per la gelata. Vidi l'impronta tonda del naso e una più ampia, nel punto dove si era fermato e aveva infilato il muso nella neve, proprio davanti alla traccia delle due zampe anteriori. Una gazza aveva saltellato intorno al grande pino e si era poi allontanata verso il bosco. L'impronta della sua lunga coda seguiva le orme delle zampe.

Alla vista di quel mondo così bianco e tranquillo, sentii crescere dentro di me la speranza. – Ce la faccio – sussurrai a me stessa. – Ce la faccio. Ce la faccio. Come ogni giorno. Come sempre.

Chiamai in aiuto la mia innata testardaggine (come la chiamava papà) e presi il mio cappotto da uno dei grossi chiodi da dieci centesimi ciascuno che papà aveva piantato nel muro, per appenderci gli abiti pesanti e gli zaini. Me lo infilai più in fretta possibile e me lo abbottonai in un lampo.

Il mio cuore si mise a martellare, ma scelsi di ignorarlo.

Come ogni giorno

Le mascelle cominciarono a farmi male per quanto battevo i denti. Ignorai anche quelle.

– Ce la faccio –. Provai a dirlo in modo deciso e ostinato.

L'acciaio del chiavistello della porta mi sembrò freddo come la morte. Mi ripetevo che avrei trovato papà lì fuori, gli avrei detto buongiorno e lui avrebbe risposto con un enorme sorriso. Il suo sguardo sarebbe stato sorpreso, meravigliato e orgoglioso per tutto. Tirai il chiavistello e la porta si spalancò.

Sentii i morsi dell'aria gelida sul viso. Le mie mani volarono a coprire le orecchie, sotto il berretto di lana, senza nemmeno aspettare il comando del mio cervello.

– Ce la faccio. Ce la faccio.

Il mio cuore si mise a battere all'impazzata e pensai che stesse per scoppiare. Mi costrinsi a uscire sulla veranda. I fiocchi di neve, duri e asciutti, mi sembravano foglie di ortica sulla pelle delle mie guance. Guardai in alto e quasi smisi di respirare. Il cielo era così grigio, così basso. Una massa di nuvole, grande almeno quanto l'Africa, mi passò sulla testa.

Schiacciando le orecchie con le mani, mi obbligai ad abbassare lo sguardo di nuovo sulla veranda e a concentrarmi sul pavimento. Cercai di camminare fino al punto in cui la neve, spazzata via dal vento, lasciava intravedere le assi. Portai il mio piede fino al nodo del legno a forma di testa di lupo. Era proprio al centro della quarta tavola partendo dalla porta.

Un passo dopo l'altro, arrivai alla tavola numero sei, quella con undici incisioni fatte con un chiodo, la maggior parte delle quali coperte di neve. Ne aggiungevo una a ogni compleanno. Avevo iniziato a quattro anni, e il segno di allora era appena visibile e poco netto. Anno dopo anno, era diventato più profondo e diritto.

Ancora, obbligai i miei piedi a superare le linee di compleanno, verso le tavole sette e otto. Ancora due, soltanto due, per raggiungere l'altra estremità della veranda.

– Ce la faccio. Posso farcela.

Ma le mie orecchie avevano riattaccato e il dolore ricominciò. Quel dolore che, dalle orecchie, mi prendeva fino alla punta dei piedi. Il dolore mamma-non-c'è-più.

– Ce la faccio. Sì –. Più che la mia voce, ascoltai un gemito, flebile e sfilacciato.

Ero quasi arrivata al confine. Al punto in cui la nostra veranda finiva, e iniziava il resto del mondo.

Dalla mia bocca non usciva quasi vapore. Inspirai l'aria con un rantolo, ma non riuscii a ributtarla fuori.

Come ogni giorno

Strizzai gli occhi, li sfregai forte per fermare le lacrime. E ordinai alle mie gambe di continuare. Obbedirono e mi spinsero fino al confine. Fino al confine.

Il cielo sembrava trascinarsi sulle cime dei pini, sempre più basso, pronto a schiacciarmi. Mi girava la testa.

Sollevai il piede destro e lo tenni sospeso in aria. Comandai al ginocchio destro di piegarsi e al piede di tornare al suolo.

Non riuscivo a vedere a terra per le lacrime, mentre i miei timpani vibravano dei singhiozzi che cercavo di trattenere dentro di me.

– Mamma! –. L'urlo mi uscì dalla bocca come l'ululato del vento.

Mentre mi precipitavo di nuovo verso la porta, vidi papà diretto alla rimessa, dove teneva la carcassa congelata di un cervo. Si girò al mio urlo e i nostri sguardi si incrociarono.

Non aveva un enorme sorriso stampato sulla faccia.

Non sembrava orgoglioso.

E nemmeno sorpreso o meravigliato.

2

La punta delle orecchie

Tornai in casa e sbarrai la porta, accasciandomi contro di essa, inghiottendo aria, piena di vergogna. Vergogna. Come ieri mattina e la mattina prima e quella prima ancora.

Mi piegai su me stessa nel tentativo di allentare il dolore al petto. Stavo sempre fuori quando mamma era ancora viva. Lavoravo con lei nell'orto, il nostro orto così bello, delimitato da una rete che lo proteggeva e lo manteneva pulito e ordinato. In primavera avremmo piantato nuovi semi e il vento mi avrebbe accarezzato i capelli, le api avrebbero ronzato vicino alle mie orecchie e tutto avrebbe avuto profumo di buono.

D'estate facevamo lunghe passeggiate, a chilometri di

distanza dalla nostra casetta di legno, sotto un cielo azzurro, alto e immenso. Anche quest'anno mi sarei sdraiata sulla riva soleggiata del Willow Creek, il nostro torrente, e con la mamma avrei cercato in cielo nuvole a forma di vascelli dei pirati e di elefanti.

Andavo a piedi in città come se fosse una passeggiata, percorrendo la lunga strada che scende dal canyon e risale, per poi attraversare chilometri e chilometri di pianura. Anche quello sapeva di buono; era eccitante il solo pensiero del viaggio.

E adesso me ne stavo lì, senza nemmeno riuscire ad allontanarmi dalla veranda di casa nostra. All'inizio papà ripeteva che con la primavera, quando l'aria si fosse fatta più tiepida, di sicuro avrei ripreso la mia vita normale, e le mie orecchie avrebbero smesso di tormentarmi e tenermi bloccata in casa. Ma da un po' di tempo papà aveva smesso di fare commenti ottimistici sulle mie orecchie.

Come può qualcosa di morto provocare tanto dolore? Perché le punte erano morte stecchite. Morte… come mamma. Morte con lei, assiderate come lei. Certo, erano ancora ben visibili al loro posto, ma le uniche occasioni in cui le *sentivo* dal giorno in cui erano state uccise, era quando prendevano freddo. E allora facevano così tanto male che il dolore arrivava fino al cuore e faceva male anche lì e a me veniva in mente il giorno della morte, della morte totale e non riuscivo quasi a sopportarlo. Non riuscivo a sopportarlo.

Mi asciugai le guance dalle lacrime con il bel fazzoletto ricamato su cui mamma aveva cucito le mie iniziali per il mio ultimo compleanno. Emisi un singhiozzo da far accapponare la pelle e tirai fuori il vaso da notte da sotto il letto.

3

Tuorli e albumi

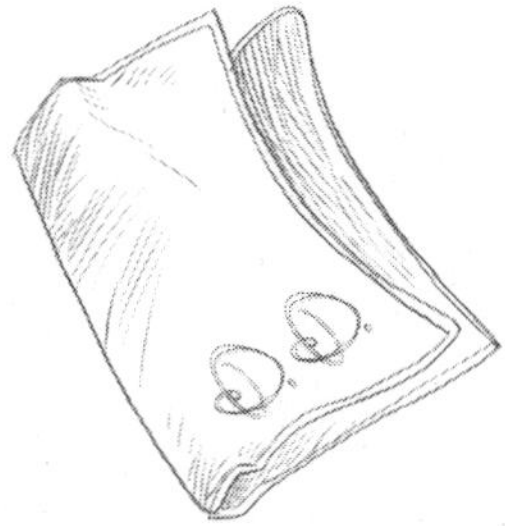

Dopo colazione passai alle mie abluzioni quotidiane, come le chiamava mamma. Ovvero, mi lavai mani e faccia. Fuori dalla finestra la neve cadeva più fitta e pesante, riuscivo a malapena a intravedere la prima fila di pini e ginepri a ovest.

Papà stava partendo per le montagne, a controllare le trappole. Si era avvolto due giri di sciarpa intorno al collo e alla bocca. Dalla spalla ciondolava lo zaino, dove aveva messo una borraccia d'acqua, carne secca e piccole mele disidratate. Mi mise una mano su un braccio, ma il suo tocco era lieve, come se avesse paura di rompermi.

– Il tempo sarà così tutto il giorno, Dessa Dean. E il vento rinforza… Sta' in casa.

I nostri sguardi si incrociarono e vidi che papà sapeva che non c'era bisogno di dire l'ultima parte della frase.

Uscì dalla porta, io strinsi più forte l'asciugamano e me lo sfregai sulla faccia fino a farmi bruciare la pelle.

Smisi solo quando il bruciore divenne talmente insopportabile da non resistere un secondo in più. E allora iniziai a pensare ai compiti. Afferrai il tavolo di legno di pino che usavamo per cenare e lo trascinai accanto alla stufa accesa, con le sue gambe che strisciavano rumorosamente sulle assi del pavimento. Avvicinai anche la sedia e mi ci buttai sopra.

Sul tavolo c'era il mio quaderno, dove papà aveva scritto venti nuove parole di cui dovevo imparare l'ortografia corretta. Era mamma, prima, quella che mi cercava le parole da imparare. Ogni anno arrivava la neve, molta neve, e non potevo raggiungere la scuola oltre il canyon fino alla primavera.

Nessuno poteva, a dire la verità. Dall'inizio di dicembre nemmeno i due perfidi gemelli, i Bradley (quelli che vivevano più vicino), riuscivano a farsi strada in mezzo alla neve. Così, la signorina Auburn chiudeva fino alla primavera, quando tutti noi (i suoi otto alunni) avremmo fatto ritorno. Diceva sempre che le ci volevano due settimane per farci calmare dall'eccitazione di ritrovarci di nuovo. Ed era vero, ma al tempo stesso mi piaceva passare l'inverno con mamma, lunghi inverni a studiare ortografia e aritmetica e a leggere libri... E a fare le nostre spedizioni nel folto bosco di pini e ginepri, in mezzo alla neve, oltre i cumuli spazzati dal vento, lontano, sempre più lontano dalla nostra casa.

Inverno. Era la prima parola che papà aveva scritto sul foglio. Questa sapevo scriverla. I-n-v-e-r-n-o. Non avevo nemmeno bisogno di guardare. Cinque volte. In corsivo. Papà aveva scelto molte parole che già conoscevo. Ma non gliene facevo una colpa. Come poteva saperlo? Mentre mamma mi aiutava con la scuola, papà se ne stava sulle montagne, a controllare le trappole, per essere sicuro che avessimo abbastanza viveri per l'i-n-v-e-r-n-o.

Adesso toccavano a lui entrambe le cose: procurarsi il cibo e farmi fare i compiti. Molte volte la sua lista di parole da imparare aveva un filo conduttore. Cercavo sempre di intuire quale. Avevo una specie di sesto senso per ciò che passava per la testa di papà.

Festeggiamenti. F-e-s-t-e-g-g-i-a-m-e-n-t-i. La seconda parola.

– E-g-g-i-a – dissi ad alta voce. – E-g-g-i-a –. Con mamma mi ero esercitata molto sulle parole con le doppie. Facevamo pratica mentre lavoravamo nel nostro orto, raccogliendo le verdure nate dai semi piantati in primavera.

F-e-s-t-e-g-g-i-a-m-e-n-t-i. Mi chiesi se per noi, quest'anno, ci sarebbe stato Natale. Sentii un blocco di tristezza che mi pesava in fondo allo stomaco. Natale senza mamma? Mi calai ancora di più sulla testa la mia cuffia di lana ruvida e aumentai la pressione della matita sul foglio.

F-e-s-t-e-g-g-i-a-m-e-n-t-i. Cinque volte in corsivo.

Regalo. R-e-g-a-l-o. Fin troppo facile. Allora papà pensava sul serio al Natale. E se per noi ci fosse stato davvero, il Natale, sapevo già che r-e-g-a-l-o gli avrei fatto: un dolce al cioccolato. Con mamma ne avevamo comprato due tavolette (di quelle grosse) in occasione dell'ultimo viaggio in città, la scorsa estate, e lei mi avrebbe permesso di usare il piattino del servizio buono di porcellana per metterlo in tavola. Mamma aveva detto a papà che avrebbe fatto una piccola spesa extra e a lui non era nemmeno passato per la mente chi fosse il destinatario.

R-e-g-a-l-o. Cinque volte in corsivo. Se ci fosse stato un Natale, chissà se c'era anche un regalo pronto per me. Mamma se ne occupava sempre. L'anno scorso ricevetti delle arance, dolci come caramelle, che arrivavano addirittura dalla Florida. Avevamo avuto qualche giorno più caldo, una specie di magia, poco prima delle vacanze di Natale e mamma aveva pestato tutto il fango della strada per la città per andare a prenderle. L'anno precedente, il regalo era stato un intero sacco di noci dell'Oklahoma, che mamma aveva comprato prima dell'inizio dell'i-n-v-e-r-n-o.

Lessi tutta la lista delle parole di papà. Alla numero venti, la sua immaginazione si era definitivamente esaurita. Dopo aver scritto r-o-s-s-o in corsivo per cinque volte, la mia mente ormai vagava per conto suo e i miei occhi la seguivano, fino alla finestra e alla tempesta di neve, fuori. La cima del grande pino accanto alla veranda oscillava, sferzata dal vento. La casa scricchiolava e uno spiffero gelato entrava da sotto la porta e mi faceva freddo alle caviglie.

Girai la pagina del mio quaderno e, dalle liste di parole, passai alle ricette e ai tuorli e albumi. Le "ricette", nel nostro codice (mio e di mamma, intendo), erano le addizioni. "Tuorli e albumi" le sottrazioni.

Quando ero piccola e mamma cercava di insegnarmi l'aritmetica, proprio non ci arrivavo. Così, per aiutarmi, mi spiegò che sommare numeri era un po' come seguire una delle sue ricette di cucina. Proprio come prendevamo i vari ingredienti e li miscelavamo per fare il pane o lo spezzatino, potevamo prendere diversi numeri e combinarli per ottenere qualcosa di nuovo.

E fare le sottrazioni, diceva sempre, era come separare i tuorli dagli albumi quando facevamo un dolce: toglievamo una parte a un numero e restavamo con un numero diverso, più piccolo, come quando si separa la chiara dall'uovo e alla fine restano solo i tuorli.

Cucinare con mamma era una delle mie attività preferite e lo diventò pure l'aritmetica. E quando arrivammo alle moltiplicazioni e divisioni non ebbi bisogno di nessun nome di fantasia: mi sembrarono la cosa più naturale del mondo. Ma ancora mi piaceva usare i nomi inventati da mamma per le addizioni e le sottrazioni.

Papà scriveva sempre le operazioni che avrei dovuto fare, in riga e non in colonna. Ma la mia mente è in grado di fare i calcoli soltanto in colonna. Così le riscrivevo. Quattrocentottantacinque era il numero che usciva se, in una ricetta, si metteva centottantotto sopra duecentonovantasette.

Ero impegnata con un tuorlo e albume quando una minacciosa raffica di vento picchiò con violenza la parete frontale della casa. La mia mano sbandò e lasciò uno scarabocchio scuro sulla pagina dei compiti di aritmetica.

Il vetro della finestra vibrò e tintinnò, poi la porta si spalancò di colpo. Lanciai un urlo quando sentii sul viso un'esplosione di piccoli e bianchi frammenti di ghiaccio e l'aria fredda mi investì con tale violenza da risucchiarmi il respiro.

E all'improvviso non ero più nella nostra casetta a fare le operazioni. La stufa a legna era sparita e io me ne stavo accovacciata su un cumulo di neve, curva sulla mamma, nel tentativo di proteggerla dal vento. Nel tentativo di parlarle per farla rialzare.

– Ti prego, mamma, ti prego! – urlavo, per sovrastare il vento. – Così ci congeleremo, dobbiamo muoverci. Forza, Josephine Elvira Hubbard!

– Va' avanti tu, fifona –. Aveva la bocca impastata e parlava lentamente, mangiandosi le parole. – Io me ne resto qui, fifona. Io resto qui ad aspettare Jack Frost. Sicuro che arriva.

Provai a tirarla su e lei diede uno strattone con il braccio e mi schiaffeggiò su una guancia. Mi fece male il doppio, a causa del freddo. Però non era colpa sua. Sapevo che quando mamma aveva bisogno dell'insulina diceva cose che non voleva dire. E faceva cose che non voleva fare.

Non c'era possibilità di discussione se aveva gli zuccheri bassi, così mi limitai a sedermi a terra accanto a lei, senza osare andare a cercare aiuto, per timore che si allontanasse ulteriormente e si perdesse. Quando i suoi occhi si chiusero e smise di parlare, la abbracciai e mi strinsi a lei nel tentativo di tenerla al caldo, e sperai.

Sperai che fosse papà a trovarci per primo.

4

Matta

La neve ci colpiva da ogni lato e il vento ululava rabbioso e cattivo.

O era davvero Jack Frost che arrivava? Proprio come aveva detto mamma… Aprii gli occhi.

Davanti a me c'era la porta di casa, spalancata.

E non era il vento che urlava. Ero io e il petto mi faceva male per questo. Ancora uno dei miei sogni da sveglia, uno dei miei incubi-di-giorno. Non avevo mai detto niente a papà. Sapeva soltanto dei brutti sogni di notte, sempre uguali. Ero fuori con mamma, cercavo di ripararla e speravo che papà arrivasse a salvarci. Ma non succedeva mai.

Papà arrivò, ma *dopo*.

Dopo che il corpo di mamma aveva già esaurito le ultime riserve di zucchero per scaldarsi.

Dopo che Jack Frost aveva approfittato della sua debolezza per coglierci di sorpresa. E ammazzare la punta delle mie orecchie.

Fu allora che cominciai a urlare di notte e a cadere dal letto, con papà che veniva a tirarmi su e mi parlava a bassa voce, con dolcezza, finché il mio respiro tornava regolare e smettevo di piangere.

«Guarda, Dessa Dean» ripeteva. «Metto un altro ceppo nella stufa, per scaldarti le orecchie. Puoi rimetterti a dormire tranquilla.»

La verità è che avevo paura a raccontare a papà degli incubi-di-giorno. Dentro di me temevo di essere diventata matta. E che, se l'avessi detto a qualcuno, poi non avrei avuto la possibilità di riprendermi indietro le parole e il solo fatto di averle pronunciate le avrebbe fatte diventare vere. No, no. Due volte no. Avevo il sospetto che papà avesse comunque iniziato a pensare che stessi impazzendo. Ed era questa la cosa che mi spaventava più di qualsiasi altra. Se eravamo in due a pensarlo, non poteva che essere così.

Mi trascinai fino alla porta, la chiusi e controllai bene la tenuta del chiavistello, per essere sicura che non si sarebbe aperta di nuovo per un colpo di vento.

Tornai a sedermi con le gambe che mi tremavano. Abbassai ancora di più, se possibile, il berretto sulla fronte e mi concentrai nel tentativo di rallentare il respiro e di calcolare il risultato di cinquecentottantacinque sopra novecento. La risposta corretta era millequattrocentottantacinque.

Un'ultima operazione era tutto ciò che mi restava da fare, e dopo avrei potuto leggere. La lettura era il mio grande conforto, perché mi portava lontano, lontano da tutte le cose che mi facevano paura.

Seicentosessantadue sopra settecentosessantanove. «Due più nove undici, scrivo uno e riporto uno» mi dissi mentalmente. Ma il mio cuore fece un balzo. L'ululato era ricominciato. La paura si impossessò di nuovo di me, ero sicura che un altro incubo-di-giorno sarebbe venuto a prendermi.

– Ma non succede mai due volte di seguito –. Lo dissi con la solita vocina sfilacciata. – Mai –. Cercavo di sembrare sicura.

L'urlo non finiva mai. I miei occhi corsero alla porta, che era rimasta chiusa, e poi alla finestra. Le cime dei pini erano immobili, segno che il vento si era calmato.

Ma quel suono continuava.

Le mie mani si strinsero al bordo del tavolo, ma le mie orecchie seguivano il grido. Veniva da fuori. Da fuori, ma vicino. Dalla veranda.

Poi sentii raschiare alla porta.

Saltai dalla sedia con un tale impeto che cadde all'indietro e sbatté sul pavimento.

5

Caramello nella neve

Nessuno dei miei incubi-di-giorno aveva mai raschiato alla porta. Le mie ginocchia ripresero a tremare mentre mi avvicinavo. Appoggiai un orecchio al legno ruvido, in ascolto.

Di nuovo quel suono di raschiatura. E un lamento sommesso, proveniente da sotto.

Chiusi le dita intorno al chiavistello e strinsi forte. Non mi pareva di stare in un incubo-di-giorno, non mi sembrava di essere sul punto di scivolare via.

Sentivo il freddo del chiavistello nelle mie dita e il freddo dell'aria che saliva da sotto la porta. Sentivo raschiare e gemere.

Con la mano libera mi tirai giù il berretto di lana,

chiamai a raccolta tutta la mia testardaggine da dentro, sollevai il chiavistello e spinsi la porta. Non si aprì.

– Forse era davvero il vento, che ha spostato la neve e l'ha fatta accumulare davanti alla porta – mi dissi.

Questa idea risvegliò il mio coraggio, indietreggiai e diedi una spallata alla porta. L'aria fredda mi sferzò le guance, la porta cedette per un attimo, ma subito si richiuse.

– La vedremo – mi dissi di nuovo, battendo i denti. Indietreggiai fino al tavolo, presi la rincorsa e mi scagliai contro la porta. Si spalancò di colpo, e io dietro, proiettata verso l'esterno.

Le mani subito andarono alle mie orecchie e gli occhi mi caddero su una massa di pelo marrone coperta di neve, che cercava di mettersi in piedi di fronte a me. Provai a schivarla, ma i miei piedi andavano troppo veloci e la veranda era scivolosa, così le caddi direttamente addosso.

Atterrai con un grugnito e la massa guaì, si contorse e si divincolò da sotto il mio corpo, per poi allontanarsi in fretta e furia verso il bosco.

Mi appoggiai sulle ginocchia e sbirciai attraverso la neve.

Accidenti, era un cane! Una femmina. Niente di più lontano da un incubo-di-giorno, una cagnolona che grattava contro la porta. Ma c'era qualcosa che non andava con una delle zampe. Le aveva tutte e quattro, ma quella anteriore destra non c'entrava nulla con il resto. Penzolava a lato del corpo anziché sotto di esso, come se andasse per conto suo.

– Qui cane, qui! – gridai. – Torna indietro!

Il cane si fermò e sperai che si avvicinasse di nuovo. Mi guardò con la testa inclinata.

– Per favore, non vuoi tornare qui? – la chiamai ancora. – Non ti va di tenermi compagnia?

Il cane rimase fermo per un minuto, che a me sembrò eterno. Mi squadrava mentre io me la mangiavo con gli occhi.

Aveva il pelo color caramello e la neve aveva formato una striscia sulla schiena dalle orecchie fino alla coda, perennemente agitata. Era grande, molto grande, con la testa grossa e squadrata. Le orecchie, penzolanti, erano di una tonalità marrone più scura. Ora le teneva alzate, per ascoltarmi, e sembrava che stesse facendo uno sforzo per tenerle così per sempre. La coda era lunga e folta. Era una bellissima cagnolona.

Mentre la guardavo alzò il muso e riuscii a sentire la sua risposta: – Rrru!

Poi si allontanò a saltelli ed entrò nel bosco, con la zampa anteriore destra che puntava a nord e il resto del corpo a ovest.

Mi alzai e corsi, d'istinto, fino al limite della veranda. Saltai giù. Le stavo correndo dietro! Le stavo correndo dietro, ma subito il bruciore alle orecchie mi prese, talmente forte da farmi cadere sulle ginocchia. I miei occhi, però, scrutavano il bosco in cerca del cane.

Ma c'erano soltanto fiocchi di neve, silenziosi fiocchi di neve.

Tornai in casa zoppicando, mi sedetti davanti alla stufa e tirai su la gamba destra dei pantaloni fino al ginocchio, sbucciato e macchiato di sangue per l'impatto con la neve dura e incrostata. Mi sentivo così anche dentro.

Presi il mio libro di storia dalla piccola libreria accanto al letto di papà e cercai di interessarmi al modo in cui l'imperatore Costantino era riuscito a diffondere la religione cristiana in tutto l'Impero Romano, ma nella mia mente si affollavano tante domande e un desiderio così forte da riportarmi in piedi, a zoppicare su e giù per la stanza e ad aprire la porta di tanto in tanto.

– Caaane! Torna! Torna, cane! – gridai all'infinito nell'aria nevosa. Ma la mia voce sembrava ancora più flebile di prima.

6

Ferita!

Undici. È il numero delle volte che ho aperto la porta di casa per chiamare il cane. Dodici, come i passi che mi separavano dal tavolo alla soglia. Dodici passi per andare, dodici per tornare. Uguale: ventiquattro per un viaggio completo. Domanda: quanti passi ho fatto per cercare il cane? Risposta: undici per ventiquattro uguale duecento-sessantaquattro.

– Se avessi fatto tutti quei passi in linea retta – dissi tra me e me – sarei arrivata al limite del bosco, avrei chiamato il cane da lì e forse mi avrebbe sentito e sarebbe tornata –. Al solo pensiero mi vennero le lacrime agli occhi.

Oh, come desideravo che quella cagnolona color caramello tornasse da me!

Mi dondolavo avanti e indietro sulla sedia.

Da dove veniva? Perché era capitata proprio qui, davanti alla nostra veranda?

Fu allora che smisi di piangere e di tirare su col naso e mi misi a pensare sul serio. Mi diedi una pacchetta sulla fronte ed esclamai: – Dessa Dean, sei una scema!

Andai alla porta, la aprii e mi misi a gattoni nella veranda.

La prima cosa che i miei occhi misero a fuoco, perfettamente in linea con la porta, era la buca che si era fatta. Era poco più di un metro. Aveva pesticciato la neve e si era rannicchiata per resistere al freddo. Le mie orme attraversavano l'avvallamento: dovevo averle lasciate quando l'avevo inseguita. Non avevo notato quella specie di cuccia, allora, ma adesso vedevo le impronte delle sue grosse zampe sul bordo, e mi accorsi che la neve al centro era più morbida e si era in parte sciolta per il calore del suo corpo. Ma nuovi cristalli di ghiaccio si stavano già solidificando tutto intorno.

Riposare, però, non era stata la sua principale attività. Le tracce partivano dai gradini della veranda e conducevano al grande pino. C'era un piccolo ammasso di neve davanti alle impronte delle zampe anteriori e dodici centimetri di verde senza neve sul ramo più basso dell'albero che sporgeva sul portico. Il cane aveva annusato.

Da lì aveva zampettato fino all'altro lato della veranda e si era seduta. Una piccola area di neve più soffice, a forma di ventaglio, dietro l'impronta del suo sedere, testimoniava che aveva scodinzolato.

Seguii le tracce di quattro diversi viaggi da una parte all'altra della veranda. Sembrava che avesse camminato avanti e indietro, proprio come me.

Guardai meglio e mi saltò subito all'occhio un particolare: l'impronta della zampa anteriore destra era meno profonda delle altre, segno che metteva meno peso su quell'arto.

Era ferita (ma certo!) e si era fermata da noi in cerca di aiuto e conforto. E io l'avevo spaventata a morte.

Perlustrai a gattoni l'intera veranda, esaminando ogni singola orma. Non c'erano tracce di sangue.

– Almeno questo… – mi dissi.

Mi alzai con un sussulto, perché il ginocchio sbucciato stava cominciando a bruciare.

– Caaane! – chiamai. Piena di speranza, lanciai il mio richiamo nella luce del crepuscolo, lasciando che la mia voce fluttuasse sulle impronte, verso il bosco. – Ti aiuterò se torni qui. Posso aiutarti, se torni indietro.

Rimasi immobile, in ascolto. Nemmeno un suono. Rientrai in casa.

La notte e le sue ombre, fredde e profonde, arrivano presto in inverno. Ormai era troppo buio per continuare a leggere o per qualsiasi altro lavoro di precisione.

Papà su un punto era stato irremovibile. Avrei dovuto aspettare ancora un anno prima di essere autorizzata ad accendere da sola la complicata lampada a cherosene in vetro rosso o qualsiasi altra luce di casa. Così quando la luce del giorno svaniva, nel pomeriggio, voleva dire che la mia giornata di studio si poteva considerare conclusa e che bisognava pensare alla cena prima che diventasse troppo buio per vederci qualcosa.

Spinsi al suo posto il tavolo di pino e controllai la bistecca di cervo che papà aveva tagliato e portato in casa la mattina. Era quasi del tutto scongelata, a parte il centro. Misi un grosso ceppo nella stufa, per aumentare il calore e cuocere la cena. Quell'inverno, papà aveva detto per la prima volta che ero abbastanza grande per farlo. Mi chiedevo spesso se non fossi diventata abbastanza grande solo perché mamma era morta.

Con le orecchie tese verso la porta per cogliere il minimo suono (lamento o raschiatura che fosse) presi la casseruola grande dall'armadietto più basso e mi misi a tagliare le patate e le carote che avevamo coltivato e messo da parte la scorsa estate.

Appena finivo una patata andavo alla porta a vedere, nel caso in cui un latrato o un guaito fosse stato coperto dai rumori del coltello che tagliava e affettava.

La veranda era sempre vuota.

Alla fine, se non altro, avevo riempito la pentola con una quantità sufficiente per la cena di due giorni. Aggiunsi acqua per fare il brodo, tre pizzichi di sale, due di pepe, misi il coperchio e appoggiai tutto sulla stufa, a cuocere.

Non passò molto tempo prima che la stanza fosse invasa dal profumo denso e ricco della carne stufata.

Fu allora che mi venne l'idea.

Con una forchetta pescai i pezzi di carne più tenera dalla casseruola e li misi in un piccolo tegame con un po' di brodo. Mi coprii bene, mi infilai il berretto e uscii.

– Caaane! –. Allungai le braccia il più possibile, oltre il limite della veranda e spostai il tegame di qua e di là, perché il vento diffondesse il buon odore della carne e lo facesse arrivare al naso della cagnolona, nel bosco.

– La cena è pronta, cane!

7

Tip tip tip!

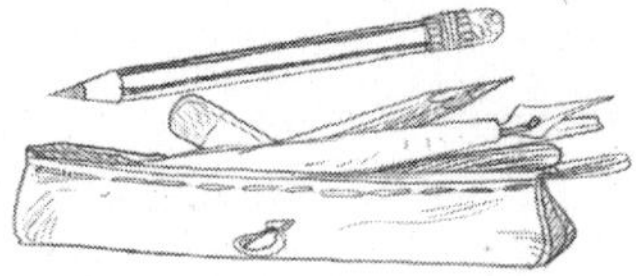

Non venne.

Rimasi fuori fino a quando le mie orecchie riuscirono a sopportare il freddo. Poi affondai nella neve il contenitore con la carne e il brodo, e mi trascinai di nuovo in casa. Perché la stanza mi sembrava più grande e vuota ogni volta che ci tornavo dopo aver inutilmente cercato il cane?

Appesi il giaccone al chiodo da dieci centesimi che serviva da attaccapanni e detti una rimescolata allo stufato con un lungo cucchiaio di legno, perché la cottura fosse uniforme, senza attaccature o parti bruciate, come mi aveva insegnato mamma.

Ci misi un minuto intero per rendermi conto che il

suono che sentivo non era soltanto il cucchiaio che sfregava contro il fondo del tegame.

Il rumore era lo stesso, una raschiatura. Ma proveniva da fuori!

Il mio cuore fece un salto.

– Dessa Dean, sei una ragazza sveglia –. Mi congratulai con me stessa, mi buttai addosso il giaccone e corsi alla porta.

– Fermati – mi dissi. – L'hai già fatta fuggire una volta.

Ripresi il mio autocontrollo e, in punta di piedi, attaccai l'orecchio alla porta. Sissignore, era proprio lei, che leccava e lappava come una pazza il tegame. Sentivo il rumore del metallo che sbatteva e si spostava sul pavimento di legno.

Lentamente e con infinita delicatezza sollevai il chiavistello e socchiusi la porta. Non avevo mai notato quanto fosse sinistro il suo scricchiolio.

Fuori, il clinghete clanghete era finito.

Aprii la porta un altro po'.

I pallidi riflessi del fuoco della stufa baluginarono nella veranda.

Un'ombra balzò indietro nel buio.

Allungai il collo come una tartaruga e continuai a sbirciare da dietro la porta.

– Qui, cane. Sono soltanto io. Ormai mi conosci.

Parlai nel modo più lento e dolce possibile.

Mi rispose un tramestio. Un tramestio ovattato.

E poi un calpestio. *Tip tip tip*...

Non era il classico suono che ci si aspetta dalle zampe di un grande cane adulto.

Era il suono di piedi più piccoli, come le zampette di un cerbiatto.

Un suono che conoscevo bene.

Subito tirai indietro la testa e chiusi di scatto la porta.

Troppo tardi.

8

Un avvertimento

Un picchiettio alla porta. E un attimo dopo l'odore acre di una puzzola penetrò da sotto. Mi lacrimavano gli occhi e mi sembrava di soffocare. Me ne stavo lì, allibita, a piangere e ansimare, fino a quando non mi venne in mente di bagnare uno strofinaccio e infilarlo nello spazio tra la porta e il pavimento. Ma ormai il delizioso profumino dello stufato si era dissolto, scacciato da quello, non altrettanto piacevole, della puzzola.

Il calpestio di un paio di stivali fece slittare e sbatacchiare il tegame sulle tavole di legno.

– Che diavolo succede?

Era la voce di papà. Sussultai quando la porta si spalancò e vidi la sua figura stagliarsi nel buio.

– Dessa Dean, che combini? Cosa ci fa questo tegame fuori?

Papà entrò in casa, con il recipiente che gli dondolava in mano.

– C'è una puzza qui fuori che la sentono anche in paradiso.

Annusò l'aria e tossì.

– E pure dentro casa. Non provare a dirmi che hai di nuovo dato a mangiare a qualche bestiaccia…

Papà chiuse la porta e con un piede rimise al suo posto lo straccio umido. Si girò verso di me con la faccia scura e la voce pure.

Non mi capitava spesso di avere paura di lui, ma in quel momento mi sembrò enorme e spaventoso e io mi sentii ancora più piccola. Siccome mamma era di una taglia intermedia tra me e lui, in situazioni come queste mi si sarebbe messa davanti e avrebbe detto: «Dai, John, adesso calmati». E io mi sarei sentita al riparo da quel padre gigantesco.

Ma mamma non c'era più e io non avrei mai osato dire a mio padre di calmarsi.

– Nossignore –. La mia risposta sembrò uno squittio.

– E allora, come mai questo tegame era là fuori e io adesso sto soffocando per colpa di una puzzola?

– Oh, papà!

All'istante, mi tornò addosso tutta l'eccitazione per la storia del cane, e la paura scomparve.

– Oggi è arrivato un cane. Anzi, una cagnolona, una femmina. Grande, color caramello. Bellissima. Si è fermata nella veranda. Era ferita, una delle zampe davanti. È per questo che è venuta, papà.

– Sai benissimo che non ci sono cani da queste parti, Dessa Dean.

– Sì, ma lei c'era! Te lo giuro...

Mi interruppi quando incrociai gli occhi di mio padre e vi lessi la parola "matta". Restai a fissare il pavimento per un minuto, piena di vergogna, poi dentro di me sentii agitarsi la solita testardaggine. Sollevai il viso.

– Posso provartelo.

Ogni traccia di rimprovero se n'era andata dallo sguardo di papà, sostituita dalla preoccupazione.

– Occupiamoci delle cose importanti, Dessa Dean – disse con voce dolce. – È pronta la cena?

Si avvicinò alla casseruola appoggiata sulla stufa.

– Ti prego, papà, ti prego. Accendi la lampada e va' fuori a guardare. Ci sono le sue orme sulla veranda.

Mi guardò con la testa inclinata di lato, proprio come

aveva fatto il cane. Tirò in dentro le labbra e fece sì con la testa.

– E va bene, andiamo a dare un'occhiata.

– Vengo anch'io.

Papà era accucciato vicino alla prima impronta e reggeva la lanterna in alto, per vedere meglio.

– Un bel piedone. Eppure l'orma è poco profonda, che strano. Zampe di queste dimensioni di solito tengono su quarantacinque chili di animale, ma questo cane ne peserà una trentina al massimo.

Trenta chili! Certo, anche così era un bel bestione e in ogni caso quasi dieci chili in più di me. Ero dimagrita molto dopo la morte di mamma. Papà diceva che avevo perso peso quando era iniziato il problema con le orecchie.

– Hai ragione sulla zampa davanti. È ferita – disse. – Sembrerebbe un tendine danneggiato, a giudicare da come i polpastrelli sono divaricati e la zampa si appoggia piatta. Per questo il corpo sembra meno pesante. Avrà grossi problemi a cacciare le prede con questa ferita.

Papà si dondolava sui piedi.

– Sei ancora molto brava a leggere le impronte, Dessa Dean. Perché domani non vieni con me in montagna? Ci sono talmente tante tracce che avresti da fare per tutto il giorno.

Abbassai gli occhi e scossi il capo.

– No, meglio di no.

Il sospiro di papà mi strinse il cuore.

– Non è… quello che pensi – dissi. – È per il cane.

Volevo che ci fosse un'altra ragione, una nuova ragione, per non andare in montagna, per non oltrepassare il limite della veranda.

– Il cane?

– Sì. Spero che torni domani, così potrei fare amicizia con lei.

Papà si alzò e tornò alla porta.

– Diamo un'occhiata ai compiti di oggi –. Si girò verso di me e mi guardò dritto negli occhi. – E ricorda, Dessa Dean, se quella cagna tornasse indietro, tu devi starci alla larga. È selvaggia, quindi imprevedibile. Potrebbe avere la rabbia o un'altra malattia. Mi ascolti, ragazzina?

– Ma, papà, io…

– E non provare a lasciare ancora fuori del cibo, altrimenti altro che puzzole. Ci sono gli orsi in giro, a caccia. Lasciare qualcosa di commestibile sulla veranda è come chiamarli a squarciagola. Ci siamo capiti?

9

A piccoli passi

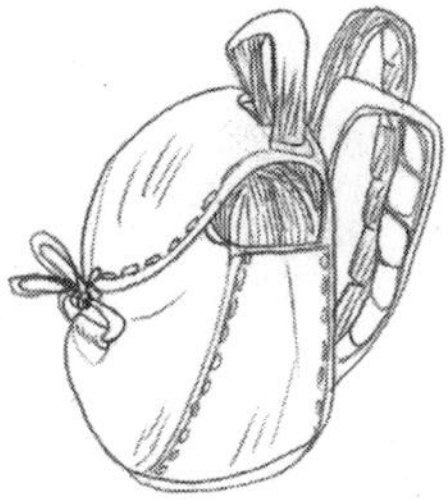

Il vento ululava e mi percuoteva, e mamma era sdraiata sulla neve, zitta, mentre piccoli fiocchi si posavano sulle sue ciglia nere. La abbracciai stretta e girai la testa per guardare la strada da dove eravamo venute. Il vento mi bruciava le guance e i miei occhi si riempivano della vista della neve che si spargeva sulle nostre impronte, cancellando la speranza di ritrovare il sentiero che ci avrebbe riportate a casa.

Mi svegliai dall'incubo e sentii il dolore in tutto il corpo. Ero priva di forze, flaccida come una bambola di pezza. Sentii il braccio di papà intorno alle mie spalle. Sentii il calore della stufa, ma l'unica cosa che riuscii a fare era starmene sdraiata inerme. E piangere.

Quando finii le lacrime, mi ritrovai con gli occhi secchi e doloranti e rabbrividii per l'ultima volta. Allora papà mi mise sotto le coperte e mi addormentai con la luce di un'alba grigiastra che penetrava nella stanza e i rumori che faceva lui mentre si preparava per una nuova giornata.

Mi risvegliai accaldata. Papà aveva riempito la stufa di legna, per via delle mie orecchie, e mi aveva sepolto (testa compresa) sotto tre strati di coperte. Quando sbucai fuori, i raggi del sole avevano riempito tutta la casa, portando ulteriore calore. La tempesta di neve era passata.

Spostai le coperte e arrotolai i bordi della cuffia di lana. In quel momento sentii grattare ed ebbi la certezza che era lei. Era tornata.

Mi riabbassai la cuffia e corsi alla porta. Appoggiai le dita sul chiavistello e mi tornarono in mente le parole di papà: «Dessa Dean, se quella cagna tornasse indietro, tu devi starci alla larga. Stacci alla larga».

Mollai il chiavistello. Obbligai i miei piedi a tornare agli scaffali della dispensa e presi una pagnotta. Aprii il tovagliolo bianco bordato di azzurro che la manteneva morbida e tagliai una grossa fetta. Versai un po' di miele dal barattolo direttamente sul pane, lo spalmai e ripiegai la fetta.

Fuori dalla porta qualcuno continuava a grattare.

Avvicinai la mia sedia al tavolo così tanto da sentirmi quasi prigioniera e iniziai a mangiare.

Un lamento più triste del vento notturno si levò da fuori, mettendo a dura prova la mia determinazione.

Spinsi indietro la sedia con forza e corsi alla porta.

Lentamente, più lentamente possibile, la aprii e sporsi la testa.

– Cane?

Era lì, in piedi davanti a me.

I nostri occhi si incontrarono, le sue zampe si misero in tensione, pronte alla fuga.

– Oh, no – dissi dolcemente, scuotendo appena il capo. – Per favore, resta qui.

Distolsi lo sguardo, per farle capire che non avevo nessuna intenzione di attaccarla o saltarle addosso.

– Sono così felice che sei tornata. Tanto felice.

Aprii di più la porta. Il cigolio mi fece pensare ai rimproveri di papà.

– Non ti andrebbe di entrare? Ti preparo la colazione, eh?

Si sedette e abbassò la coda.

Sorrisi.

Con le braccia le feci segno di venire e mi misi da parte, perché avesse spazio per passare.

Il cane inclinò la testa di lato e mi fissò a lungo con i suoi occhi marroni.

– Rrru – disse con voce profonda, da cane adulto. Non era un latrato, e nemmeno un ululato.

«Vorrei, ma proprio non posso.» Secondo me era questo che cercava di dirmi.

Con gli occhi fissi sulle tavole di legno del pavimento e la mano tesa in avanti, feci altri due minuscoli passi nella sua direzione.

Si alzò di nuovo.

– Rrru – disse, con la testa inclinata. Poi si girò verso i gradini.

– No! Ti prego, ti prego, resta. Non ti farò del male, promesso. Croce sul cuore –. Incrociai a X le dita e feci un bel passo indietro.

I potenti muscoli della sua schiena si rilassarono e si rimise seduta, rivolta verso di me.

Incrociai le caviglie e mi abbassai di nuovo, lenta lenta, e mi sedetti a terra all'indiana. Mi appoggiai al muro e piegai la testa, in modo da poterla controllare con la coda dell'occhio senza darle la sensazione che la stessi fissando.

– Mi chiamo Dessa Dean – dissi. – Chissà come ti chiami tu. O se ti ha mai chiamato qualcuno.

La sua coda batteva il pavimento con un suono sordo. Pensai che stesse cominciando ad abituarsi a me. Volevo che imparasse a riconoscere la mia voce e a fidarsi, così continuai a parlare.

– Che cosa ti ha spinto qui, cane? Io sono qui per la caccia. Mio padre lavorava in città quando io ero molto piccola, poi chiusero tutto e lui non riusciva più a guadagnare abbastanza per vivere, così ci siamo trasferiti qui, dove c'è più movimento, come dice papà. Abbiamo cibo per noi e lui vende le pellicce.

Il cane si sdraiò a terra, in un punto dove battevano tiepidi i raggi del sole. Allungò le zampe anteriori e ci appoggiò sopra il muso. Fece un lungo sospiro, che conteneva, nascosto, un piccolo gemito. Chiuse gli occhi con lentezza, pigramente.

Rimasi immobile ancora per un minuto, poi mi avvicinai di qualche centimetro. Il cane aprì un occhio, ammiccò e lo richiuse.

Mi avvicinai ancora.

Questa volta aprì tutti e due gli occhi e sollevò il muso.

Guardai di nuovo a terra.

– Va tutto bene, cane. Non ti faccio niente di male. Voglio solo essere tua amica.

Allungò il naso verso di me e si mise ad annusare in modo forsennato e rumoroso.

Con infinita lentezza, mossi la mia mano nella sua direzione.

Quel nasone scuro era freddo come il ghiaccio, umido e morbido. E le guance cascanti, che sfregarono contro la mia mano mentre mi annusava, erano lisce come il velluto.

Batteva la coda per terra e aveva riappoggiato il muso sulle zampe davanti. Quando mi avvicinai di nuovo, non si spostò di un millimetro.

10

Metà dentro, metà fuori

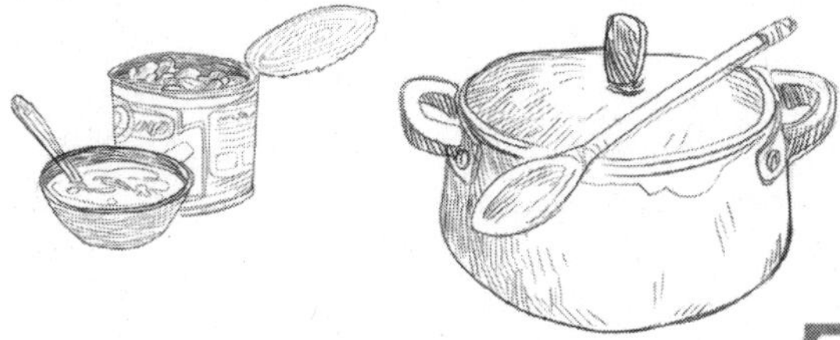

La prima volta che le accarezzai la schiena per tutta la lunghezza, abbassò la testa e appiattì le sue orecchie penzolanti, come se temesse che volessi colpirla. Ma la seconda volta non batté ciglio. Si limitò a seguire con lo sguardo la mia mano e alla fine, al terzo tentativo, rimase tranquilla con la testa appoggiata sulle zampe e sorrise.

Doveva aver vissuto all'aria aperta per molto tempo. Avevo accarezzato il cane di un'amica di mamma, allevato in casa, quando ancora vivevamo in città, e la sua pelliccia era lucente e setosa: per mantenerla in quelle condizioni un cane aveva bisogno di cibo di lusso e di una cuccia calda.

Il corpo della cagnolona che avevo davanti era morbido,

ma il mantello era ispido, come se il pelo si fosse adattato a far fronte a condizioni difficili.

Il colore non era uniforme: le orecchie erano scure, di un marrone cioccolato, la testa una sfumatura più chiara e la nuca aveva una specie di striscia rossiccia che interrompeva l'uniformità della pelliccia caramello.

– Striscia? – chiesi.

Il cane non mosse un muscolo.

– No, non è il nome giusto, bambina.

Mi sdraiai su un fianco, di fronte a lei.

Mi leccò il naso.

La sua lingua mi sembrò enorme a quella distanza ravvicinata.

– Leccalecca?

Appoggiò di nuovo a terra la testa.

– Non ci siamo.

Tra il petto e la gola c'era una macchia bianca, come un piccolo vortice di neve.

– Fiocco? Turbine? Bufera?

Il cane fece un lungo sospiro.

– Nemmeno.

Le accarezzai la zampa anteriore sinistra. Le unghie erano nere e un po' consumate: segno che aveva scavato.

Ehi, mi ero completamente dimenticata della zampa destra, del tendine e della posa innaturale.

Mi spostai dall'altra parte. I suoi occhi mi osservavano, ma lei non si mosse.

Sollevai la sua zampa destra.

Mi leccò pigramente una mano con la sua grande lingua rosa.

Con la massima delicatezza mi misi a premere sulla zampa, centimetro per centimetro.

Il cane fece uno sbadiglio.

Passai al lato interno della zampa, dalla spalla in giù, mettendoci un po' più di forza.

Quando arrivai alla prima articolazione (dove, secondo mio padre, c'era il tendine danneggiato) il cane emise un leggero guaito e ritirò veloce la zampa dalle mie mani. Zoppicò fino al lato opposto della veranda e mi guardò, con aria afflitta, come se mi avesse dato fiducia e io l'avessi tradita.

– Oh, no, ti prego! –. Le parole mi uscirono d'impeto, sull'onda della paura che mi cresceva dentro. Non poteva andarsene, non così, non con la convinzione che con me non fosse al sicuro. Perché non sarebbe mai tornata indietro, se era questo che si era messa in testa.

– Volevo solo capire – dissi. – Per aiutarti.

Battei una mano sull'asse di legno accanto a me. – Vieni qui, piccola. Mi dispiace. Lasciamo perdere la zampa, sono fatti tuoi. Anch'io ho una cosa mia privata di cui non voglio parlare con nessuno. Adesso vieni qui, dai. Eh?

Inclinò la testa e mi fissò, come per chiedere: – Promesso? –. Non fuggì, ma nemmeno si avvicinò di un passo.

– Non hai bisogno di parole di incoraggiamento, vero? Cerchi cibo caldo e un luogo in cui sentirti al sicuro.

Con infinita lentezza, senza mai guardarla direttamente, mi alzai e mi diressi alla porta.

– Adesso – dissi con il tono di voce più dolce possibile – entro in casa e ti scaldo lo stufato, con tanti pezzi di carne e il sugo. Lascio la porta aperta così possiamo continuare a parlare. Se ti va, entra. Non stare fuori al freddo. Questo potrebbe diventare anche il *tuo* posto sicuro.

Non si spostò dal limite esterno della veranda. La tenni sott'occhio finché mi fu possibile e, appena dentro, mi precipitai in punta di piedi alla finestra a sbirciare. Colse il mio movimento, tanto che per un attimo pensai che sarebbe scappata per sempre. I muscoli delle cosce si misero in tensione e fece una piccola mossa, come per allontanarsi. Mi misi a farle segni amichevoli e ricominciai a parlare con il tono di una normale conversazione, tanto che si sedette. Presi il tegame che non avrei dovuto usare per dare da mangiare agli animali, ma scacciai il pensiero dalla mia testa. Pescai un'enorme porzione di carne e sugo dalla pentola, caricai la stufa di legna nel modo più rapido e silenzioso possibile e feci scaldare lo stufato.

Capii che era pronto perché l'odore si sparse per la stanza. Il cane si alzò e si stiracchiò e zampettò fin quasi alla soglia di casa. Le sorrisi.

– Sentito che profumino, eh?

Mi rispose scodinzolando. Aprì la bocca, tirò fuori la lingua e le cadde un po' di bava a terra.

– Fame, eh? –. Rimescolai lo stufato, perché si scaldasse in modo uniforme e con un dito mi assicurai che non fosse bollente. Mi avvicinai alla porta e lo appoggiai a terra.

– Forza, piccola. Vieni a prenderlo.

Il cane scodinzolò di nuovo.

– Forza, vieni qui. È buono, garantito.

Non si spostò, ma alzò il muso e mi guardò da sopra il nasone.

– Rrru – mi disse.

– Va bene – risposi e spostai il tegame di tre passi più vicino alla porta. – Così va meglio?

Protese il naso verso lo stufato e si mise a tremare in tutto il corpo. Voleva disperatamente quel cibo.

– Cane, vorrei solo che ti fidassi un po' di più. Soltanto un po'. Ce la puoi fare, no?

Scodinzolò e io diedi un altro colpetto al tegame. Ora si trovava ad appena due passi piccoli dalla porta, ma ancora dentro la casa.

– Che ne dici? Così?

E allora accadde una cosa stranissima. Una cosa che non ci si aspetterebbe mai da un cane. Si abbassò fino a sfiorare il pavimento con la pancia e cominciò a trascinarsi verso il tegame. Strisciava sulle tavole come se cercasse di rendersi invisibile. Quando arrivò a portata di muso dal cibo, la parte posteriore del corpo si trovava ancora fuori dalla porta. Ma la cosa non le importava perché si mise a leccare il sugo, per poi trangugiare i pezzi di carne come se fossero gli ultimi rimasti in tutto il mondo.

Le scaldai una seconda porzione, e una terza. E misi altri due ceppi di legno nella stufa, e poi ancora, perché la stanza si stava raffreddando parecchio con la porta sempre aperta per far posto alla metà del cane che non voleva abbandonare la veranda.

Credo che l'altra metà, quella davanti, avrebbe continuato volentieri a mangiare finché io avessi continuato a darle cibo, ma una domanda fastidiosa e imbarazzante (sulla quantità di stufato che sarebbe rimasta per la nostra cena) fece capolino nella mia mente. Guardai nella pentola grande e vidi solo un mucchietto di carote e patate sul fondo. Non galleggiavano nemmeno nel brodo, visto che l'avevo dato quasi tutto al cane. Così richiusi il coperchio e formulai una preghiera: – Signore, fa' che papà non si accorga che mancano la carne e il sugo. Amen.

Guardai il cane e mi sentii sollevata. Si era addormentata, con il tegame accanto, rovesciato, e il naso ancora infilato dentro. Segno che aveva smesso di leccare e iniziato a sognare nello stesso istante.

Mi scappò un sorriso e scacciai dalla mia mente le preoccupazioni su papà. Sarebbe stato meglio, invece, iniziare a preoccuparmi dei compiti, perché se c'era qualcosa che mi attirava un'occhiataccia era proprio trascurare gli impegni di studio.

«Mamma teneva molto alla tua istruzione, Dessa Dean, e il modo migliore per onorare la sua memoria è impegnarti nello studio.» Così diceva papà quando pensava che non mi fossi data da fare a sufficienza.

L'aria fredda che entrava dalla porta aperta mi fece

rabbrividire. Mi strinsi nel giaccone e cercai in fondo alle tasche i guanti che mamma mi aveva fatto a maglia, l'inverno precedente. Mi accorsi con stupore che, malgrado la porta spalancata, il dolore alla punta delle orecchie era minimo.

Più silenziosamente possibile spostai di nuovo il tavolo vicino alla stufa, per non disturbare il cane. Ma era talmente sfinita che non mosse un muscolo. Posizionai la sedia in modo da tenere la schiena al calduccio e alimentai il fuoco con due grossi ceppi. Poi aprii il quaderno in una nuova pagina e cominciai la seconda lezione di ortografia della settimana, che consisteva nel formulare frasi con tutte le parole della lista. Avevo così tante cose da dire e i miei pensieri andavano a ruota libera, mentre le mie dita si affannavano a scrivere tutto.

1. *L'inverno ha portato uno spesso strato di neve nella nostra veranda, ma anche un grande cane color caramello.*
2. *Il cane che è arrivato nella nostra veranda è come un regalo per me e mi fa venire voglia di fare festeggiamenti.*

Mi sentii orgogliosa di essere riuscita a mettere ben due parole della lista in un'unica frase. E mentre leggevo le altre mi sembrava che ognuna di esse fosse fatta apposta per entrare in una frase sul cane. Perfino r-o-s-s-o non sembrava più un termine trito e ritrito.

Scrissi: *Il cane è color caramello, ma intorno al collo, come una criniera, ha una striscia* <u>*rossa*</u>. *Però Striscia non è il suo nome. Gliel'ho chiesto.*

Rilessi e cancellai l'ultima parte, stupita per come tutte quelle parole sembravano fatte apposta per scrivere frasi sui cani, e mi tornò in mente l'idea che le liste delle parole di papà spesso hanno un filo conduttore. Sapeva che il cane sarebbe arrivato e aveva cercato le parole adatte alla situazione?

Non si sarebbe detto, dal modo in cui aveva reagito la notte prima. Ma forse qualcuno, qualcuno tipo Dio o la mamma, lassù in Cielo, forse qualcuno di loro aveva previsto tutto e aveva provveduto ad addolcire il cuore di papà nei confronti del cane, suggerendogli le parole per i miei compiti. Forse, dico.

Me ne stavo lì seduta, felice e a mio agio, e un attimo dopo per poco non mi ribaltai dalla paura. All'improvviso, il cane fece un latrato, il più forte e selvaggio che avessi mai sentito, e saltò in piedi, sbalzando lontano il recipiente del cibo. Tornò fuori sulla veranda, abbaiando e ringhiando. Iniziai a tremare.

Le corsi dietro, calandomi al volo il berretto sulla testa, con l'idea che avesse annusato un orso o addirittura un puma. La mia mente girava a mille per capire come trascinare il cane in casa e sbarrare la porta, prima che una di noi due venisse sbranata.

Guardai fuori. Il cane era in piedi dall'altra parte della veranda, a zampe divaricate, con la destra appoggiata più piatta delle altre, le caviglie perfettamente verticali rispetto al dorso. Aveva le labbra pallide, tirate indietro per scoprire i denti, aguzzi e minacciosi. Dal suo corpo uscì un ringhio, lungo e feroce, e poi un altro latrato, aspro e tagliente. Era pronta a combattere.

I miei occhi seguirono i suoi, spalancati, che scrutavano la fioca luce del pomeriggio, oltre il terreno coperto di neve, oltre il pino e il ginepro. E quello che vidi mi fece battere il cuore all'impazzata, più di quanto avrebbe potuto fare qualsiasi orso o puma.

11

Uno sparo

Era papà che usciva dal bosco. Si faceva strada a fatica tra la neve, esausto. Notai subito che la sua slitta era quasi vuota: a parte un paio di pelli, tutto lo spazio era occupato dalle trappole che avevano bisogno di essere oliate o riparate. Questa volta la caccia non gli era andata bene, lo capii dal passo lento e dall'aspetto abbattuto.

Al secondo latrato, alzò la testa, si fermò e fissò il cane.

– Signore – gemetti. Poi mi misi a gridare, per sovrastare il latrato con la mia voce e far sì che il cane mi sentisse. – Sssh, buona, basta. Sssh. Fermati, piccola. Stop.

Quando guardai di nuovo verso il bosco mi si fermò il respiro. Papà correva verso di noi imbracciando il fucile.

– Papa! No, no, no! Papà, no! Ti prego! – gli urlai con

tutto il fiato che avevo, e i miei strilli fecero impazzire ancora di più il cane. Saltava da una parte all'altra della veranda, ringhiava, abbaiava selvaggiamente. Teneva gli occhi inchiodati su papà.

Mi sembrò che il tempo si fermasse. Mi pulsavano forte le tempie. Vidi papà puntare verso l'alto la canna del fucile. Fece fuoco e vidi l'arma rinculare contro la sua spalla.

L'aria immobile dell'inverno esplose in migliaia di frammenti.

Spaventato, un corvo nerissimo lanciò un grido e si alzò in volo.

Il cane trasalì e saltò fuori dalla veranda, incespicando quando la zampa ferita colpì la neve gelata e come sempre sembrò voler scappare via per conto suo. La guardai correre verso il canyon e fuggire da papà.

Fuggire da me.

Prima che potessi gridare qualcosa o afferrare la porta, un incubo-di-giorno scese in picchiata a portarmi via. Altrove, a vedere mamma morire. Ancora.

Quanto tempo passò prima che la mia mente tornasse indietro a sentire le braccia calde e forti di papà che mi cullavano vicino alla stufa scoppiettante? Non lo so.

So che, nel tempo di un respiro, altro dolore si era riversato nel mio cuore e da lì era straripato in tutto il mio essere. Avevo perduto mamma per la centesima volta, per la millesima volta. E ora, tornata nel mondo dei vivi, nel mondo della veglia, avevo perso anche il cane. E questa volta per sempre. Non sarebbe tornata, non dopo che papà l'aveva terrorizzata con il suo fucile.

– Dessa Dean, Dessa Dean… –. Papà continuava a sussurrare il mio nome e la sua voce era spaventata.

Perché? All'improvviso mi venne in mente: era la prima volta che mi vedeva scivolare in un incubo-di-giorno. Le gambe e le braccia mi si irrigidirono per la vergogna. Girai la faccia dall'altra parte e tenni chiusi gli occhi. Non volevo leggere nei suoi la misura della mia follia.

– Dessa Dean, grazie al cielo. Quel cane ti ha aggredito? Dessa Dean?

Feci no con la testa, con forza.

– Sei sicura? Dagli scatti che faceva, come ringhiava… E poi ti ho visto cadere. Non ti ha morso? Dimmi la verità, è importante, potrebbe essere idrofoba. Se ti morde…

– Eravamo amiche, non mi avrebbe fatto del male –. La mia voce era ancora insicura. – Voleva proteggermi e fare la guardia alla casa.

Papà si limitò a emettere un suono soffocato: – Mmmf. Ma allora, se non sei ferita, perché sei caduta?

La stretta delle sue braccia si sciolse e mi mise seduta sulle sue ginocchia. In una mano teneva il mio quaderno, aperto alla pagina delle frasi sul cane.

– Dessa Dean, cos'è stato? Che cosa ti è successo là fuori?

Me ne stavo zitta mentre sentivo la paura scacciare il dolore dentro di me.

Papà mi scrollò, ma appena.

– Dimmelo, piccola –. La sua voce si era fatta flebile per la preoccupazione.

– Un incubo-di-giorno – risposi con un sospiro che somigliava a un brivido. – Sono uguali ai brutti sogni che faccio di notte su mamma, ma arrivano durante il giorno. Arrivano da sveglia.

Non riuscii a rimandare indietro le lacrime che scesero, brucianti, lungo le mie guance e caddero sulle grandi mani screpolate di papà.

– Dio mio, bambina –. Mi attirò al petto, stropicciando le pagine del mio quaderno, e mi strinse forte. – Perché non mi hai mai detto niente?

– Avevo paura.

– Paura? E di cosa?

Rimasi zitta fino a quando papà mi diede un'altra scrollatina.

– Avevo paura che mi prendessi per matta – dissi in un bisbiglio. – Non volevo che lo pensassi.

Papà rimase in silenzio a lungo. Tanto che mi chiesi se mi avesse sentito.

Percepivo il battito del suo cuore, la testa si abbassava e si alzava al ritmo del suo respiro.

Alla fine mi rimise seduta diritta. I suoi occhi avevano un'espressione seria.

– Tu non sei matta, Dessa Dean. Mi hai sentito, bambina?

Annuii.

– Non sei matta.

Dal modo in cui lo disse sembrava un ordine, come un compito di scuola.

– Va bene, papà – feci. Non sapevo se qualcuno potesse decidere di non essere matto, ma volevo provare per papà. Cercai in fondo a me stessa la mia innata testardaggine. «Non sarò matta.» Lo ripetei forte e chiaro nella mia testa. «Non sono matta. No.»

E continuai a urlarlo così forte dentro di me, che pensai di aver sentito male quando papà parlò di nuovo.

– Ho sbagliato a scacciare quel cane – disse. – Può restare, Dessa Dean.

Raddrizzai la schiena, gli buttai le braccia al collo e strinsi forte.

– Grazie, papà, grazie. È la cagnolona più buona del mondo. Davvero. Prima stava solo cercando di proteggere me e la casa. E non è idrofoba per niente.

Fu allora che ricordai.

Il cane se n'era andato.

Ricaddi addosso a papà e iniziai di nuovo a piangere.

– Non tornerà – dissi tra i singhiozzi. – Si è troppo spaventata.

– Secondo me sì, se scaldi un po' dello stufato di ieri, lo metti fuori dalla porta e la chiami.

– Non funzionerà – insistei, a testa bassa.

– Quel cane è magrissimo. Tornerà eccome se sentirà il profumo dello stufato.

– Le ho già dato quasi tutta la carne, papà. Sono rimaste soltanto le verdure.

Sentii le braccia di papà irrigidirsi e la sua voce pure: – Hai dato la mia cena a quel cane? Dopo che sono stato tutto il giorno a gelare per cercare di portare a casa qualcosa? Hai fatto questo?

– È così.

Papà rimase in silenzio per un minuto che mi sembrò un'eternità. Poi fece un lungo, pesante sospiro.

– Vado nel deposito a tagliare un paio di bistecche di cervo per la nostra cena e una fettina per quel malefico cane. Tu carica la stufa con altra legna e scalda la padella.

Non sembrava divertito, ma tutto sommato abbastanza incoraggiante.

– Va bene –. Andai alla cassetta della legna vicino alla stufa e mi venne un tuffo al cuore. – Mio Dio… – bisbigliai. Era rimasto soltanto un pezzo di legna, per giunta sottile. Avevo esaurito la scorta di due giorni per tenere al caldo me stessa e la parte davanti del cane.

– Non è che puoi anche portare altra legna, papà? – chiesi con un filo di voce, dandogli la schiena.

– Altra legna? Ma Dessa Dean, se ho fatto scorta stamattina.

Si avvicinò a me e guardò il pavimento vuoto. – Avevo messo ceppi sufficienti per due giorni proprio qui. Non puoi averli bruciati tutti oggi. Dessa Dean, è così? –. La sua voce era dura.

Feci un profondo respiro. Non alzai gli occhi da terra, e gli spiegai come stavano le cose in modo chiaro e sincero.

– Il cane se ne stava sulla soglia, metà dentro e metà fuori. Faceva i capricci e non si decideva a entrare. Così ho dovuto lasciare la porta aperta. Ma dopo mangiato si è addormentata, sempre mezza dentro e mezza fuori. La stanza si è raffreddata e io avevo paura che le orecchie ricominciassero a farmi male e ho dovuto mettere più legna. Ho dovuto.

Papà crollò sulla sedia. Si passò la mani sulla fronte. – Questo cane mi è già costato una fortuna in cibo, legna e pensieri. Ed è qui nemmeno da un giorno. Forse non è una buona idea farla restare. Non sa più come convivere con l'uomo, forse non l'ha mai fatto. Potrebbe non diventare mai abbastanza domestica da riuscire a stare in casa con noi. Faccio già abbastanza fatica a procurare il necessario per noi, ci manca solo che debba mettermi a spaccare legna per quella bestiaccia.

– Ci penserò io, papà! Spaccherò io la legna in più che serve! –. Ma non appena pronunciai quelle parole sentii che il cuore mi diventava piccolo piccolo. Riabbassai subito la testa e mi misi di nuovo a fissare il pavimento. Non prima, però, che il mio sguardo avesse incrociato quello di papà, nel quale lessi lo stesso pensiero che era nella mia testa: «Se non riesco nemmeno a mettere un piede fuori dalla veranda, come posso andare a tagliare la legna?».

Papà mi prese per mano e mi attirò a sé. Dopo un tempo che sembrò eterno, mi fece sollevare il viso, in fiamme, e mi guardò dritto negli occhi.

– Forse, avere quel cane per casa ti farà passare il male alle orecchie, Dessa Dean. E per questo vale la pena tagliare un po' di legna in più.

12

Una bambina spaventata

Papà fu irremovibile. Dovevo sedermi a tavola e cenare prima di tentare di richiamare indietro il cane. Mi sentivo lo stomaco in subbuglio per la speranza di un suo ritorno. Era come se i bocconi della bistecca di cervo e le verdure mi tornassero su ogni volta che deglutivo. Mi sforzai: papà ci teneva molto che non lasciassi niente nel piatto, visti i suoi notevoli sforzi per riempirlo. «Non sprecare oggi ciò che potrebbe servire domani» era uno dei suoi motti preferiti.

Lo ripeteva sempre quando per cena c'era la zucca, che non era certo il piatto preferito mio e di mamma. Papà diceva però che era un ortaggio facile da coltivare e con poche pretese. Cresce in qualsiasi condizione e né i parassiti, né la scarsità di luce o di acqua riescono a impedirglielo. Per questo le piantavamo tutti gli anni.

Alla fine, ci ritrovammo con i piatti vuoti. Corsi a lavarli e ci misi un secondo. Ero pronta.

– Papà, cosa dici, devo cuocerla la carne per il cane? Oppure le piacerà di più cruda?

Scosse il capo. – Non fa nessuna differenza per lei. È un cane, Dessa Dean. Dagliela cruda.

Mi infilai gli stivali e mi infagottai nel mio giaccone pesante, mi misi i guanti e scelsi un bel pezzettone di carne di cervo per il cane. Mi calcai bene il berretto sulla fronte e sulle orecchie; rimanevano fuori solo gli occhi.

Uscii sulla veranda, ma prima mi assicurai di aver chiuso bene la porta.

Non volevo che papà fosse costretto a tagliare altra legna prima dell'alba.

Inspirai a fondo l'aria fredda e pungente e iniziai a chiamare: – Cane! Ca-a-ne! –. La mia voce fluttuava nella notte come una preghiera.

Agitai il tegame avanti e indietro, su e giù, a destra e sinistra, in modo che il vento portasse l'aroma della carne (e il desiderio del mio cuore) fino al cane.

Ma il cane non venne.

Mi spinsi fino al limite della veranda, tanto che sentii il vuoto sotto la punta dei miei stivali.

– Torna qui – gridai. – Papà non ti sparerà più, ha promesso, puoi fidarti. Ca-a-ne!

Chiusi gli occhi e lasciai che fossero le mie orecchie a frugare la notte in cerca del minimo rumore. Non si sentiva nulla, eccetto lo strusciare del vento freddo contro le cime dei pini.

A fatica, rientrai in casa e mi sfregai le orecchie, che avevano ripreso a farmi male.

– Sai papà, credo che si sia abituata alla carne cotta e che la preferisca. Cuocerò appena un po' la bistecca, vedrai che così torna.

Papà alzò lo sguardo dalle trappole che stava riparando. – Non perdere altro tempo, Dessa Dean. È ora di andare a letto. Se il cane non torna stanotte, lo farà domani. Avrà solo bisogno di un po' di tempo per tranquillizzarsi.

– Va bene – risposi, mentre facevo scaldare la padella più in fretta possibile.

Pochi minuti dopo, versai la carne cotta in una ciotola e la portai di nuovo fuori. Questa volta andai direttamente sul lato esterno della veranda e, reggendo il recipiente con due mani, lo spostai in varie direzioni nell'aria.

– Cane! Vieni a prenderlo. È squisito ed è tutto tuo. Ormai lo stufato devi averlo digerito da un pezzo e di sicuro avrai di nuovo fame. Forza, cane.

Cercai di mostrarmi per tutto il tempo allegra e baldanzosa, ma dentro di me sapevo che il cane aveva fatto una lunga corsa appena udito gli spari e che era troppo lontana per sentire l'odore della carne o i miei richiami. Se volevo che il cane mi sentisse, e sapesse che poteva tornare indietro a mangiare un boccone al sicuro, dovevo andare oltre la veranda. Oltre la veranda, nella notte buia, nel freddo pungente, nel nulla, verso l'orlo del canyon dove era scomparsa.

Chiusi gli occhi e sporsi la testa nell'oscurità, seguita dalle spalle. Le tempie iniziarono a pulsarmi e il respiro usciva solo a brevi rantoli.

– Dessa Dean, adesso vieni dentro, non voglio ripeterlo –. La voce tonante di papà attraversò la porta di legno.

Feci dietrofront a tutta velocità e corsi alla porta. La spalancai e mi fiondai nella nostra piccola, calda e sicura casetta.

Un senso di sollievo mi invase in tutto il corpo. Seguito dalla vergogna perché sapevo, lo sapevo nel mio cuore e lo sapevo nella mia testa, che se anche papà non avesse gridato, io non sarei andata dietro al cane. Sapevo che la possibilità di rivederla dipendeva da lei, dal coraggio a cui avrebbe fatto appello per tornare. Era una bambina spaventata.

Entrai nel mio letto furtiva come una ladra e mi rintanai sotto una pila di coperte. Nemmeno una piccola parte del mio corpo era rimasta fuori. Dentro di me continuai a chiamare il cane, e ancora, ancora. Le spiegai che non potevo andare io da lei, a prenderla, e la implorai di tornare a casa e di diventare mia amica.

Non riuscivo a dormire. Provai a contare all'indietro da cento a uno, sperando che la noia mi avrebbe aiutato a prendere sonno. Mi giravo e rigiravo nel letto. Papà spense la lampada al cherosene e andò a letto a sua volta. Quando lo sentii russare, uscii da sotto le coperte. Nella stufa erano rimaste solo delle braci, le tavole di legno del pavimento erano fredde, fredde contro i miei piedi nudi mentre mi avvicinavo alla porta. Quattordici passi e mezzo. Tanti me ne servirono per arrivare. E tutti in punta di piedi.

Tirai il chiavistello e sentii il freddo dell'acciaio sulla pelle. Lo scatto mi fermò il respiro: in tutto quel silenzio era un boato. Papà espirò sonoramente, segno che non lo avevo disturbato. Aveva tutta una gamma di rumori che faceva mentre dormiva e li conoscevo tutti. Una notte, mamma era ancora viva, di punto in bianco se ne venne fuori con uno nuovo. Uno sbuffo, come il ciuff ciuff del treno. Non riuscii a non ridacchiare e mamma, nel buio, rispose con un'altra risatina. Scese dal letto e accese una candela, mi prese per mano e mi portò vicino a papà. Rimanemmo così a lungo, a guardare la sua faccia. Fu così che capii come gli uscivano i vari suoni. Gli sbuffi quando respirava con la bocca, ma con le labbra chiuse, che si sollevavano e poi ricadevano indietro. Una specie di grugnito se inspirava contemporaneamente con il naso e la bocca, ma in questo caso si svegliava per il rumore e si rigirava dall'altra parte. A volte tossiva.

Uscii sulla veranda e chiusi la porta alle mie spalle. Il ghiaccio ricopriva tutto il pavimento, a parte una piccola porzione, così dovetti stare con i piedi quasi uno sopra l'altro. Il vento gelido trapassava la mia camicia da notte come il coltello da pelliccia di papà.

– Cane – bisbligliai. – Ca-a-ne! Vieni qui, piccola.

Da uno dei ginepri più vicini provenne un fruscio e il mio cuore sobbalzò, pieno di speranza. Spalancai gli occhi, fissando il buio, ma le mie orecchie già mi dicevano che era qualcosa di molto più piccolo del mio cane.

Un procione dalla schiena incurvata uscì con la sua andatura dondolante e proseguì per la sua strada, oltre la casa, senza degnarmi di uno sguardo.

– Cane – chiamai ancora una volta. Nessuno rispose.

I piedi mi si erano raffreddati al punto che a malapena riuscii a rientrare in casa e le mie mani erano così indolenzite che non riuscii ad accompagnare il chiavistello, che fece un rumore sordo quando scattò.

Papà si rigirò.

– Torna a letto – grugnì.

Gli obbedii e mi bastò stare sotto le coperte per un po' per scaldarmi. Ma non riuscivo comunque a prendere sonno. Quando mi accorsi che papà era di nuovo nel mondo dei sogni, andai zitta zitta alla porta, tirai il chiavistello e riappoggiai i piedi sull'unico punto senza ghiaccio del legno della veranda.

– Ca-a-ne. Ca…

Non avevo nemmeno finito di pronunciare la parola che udii la voce di papà.

– Dessa Dean, ti ho detto…

Tornai sotto le coperte, desiderando con tutta me stessa di addormentarmi, così almeno il mio cuore si sarebbe riposato da quel continuo alternarsi di speranza e dolore, quando una delle assi della veranda scricchiolò. Doveva essere la tavola con le incisioni dei miei compleanni, sotto il peso di qualcosa di più pesante di un procione. Avrei potuto giurare che fosse la cagnolona, che si era seduta e batteva la coda sulla neve ghiacciata.

Saltai dal letto in un lampo e mi precipitai alla porta in punta di piedi.

La aprii e misi fuori la testa.

Niente.

– Cane, cane – bisbigliai.

Non abbastanza piano.

– Dessa Dean, prova ad alzarti ancora, e te la faccio vedere io.

Non mi alzai più.

13

12 x 8

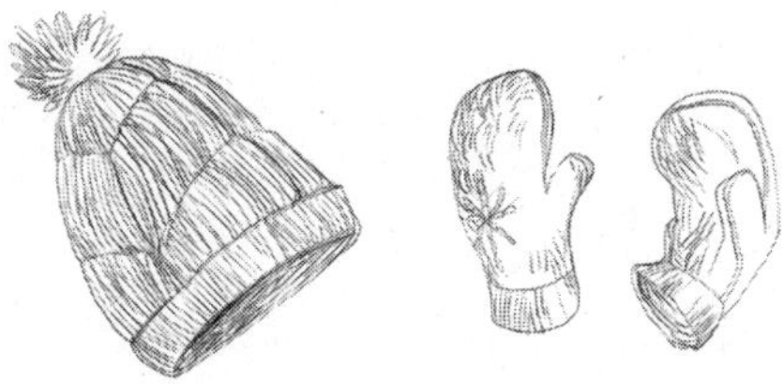

Il mattino dopo, papà si svegliò di cattivo umore. Lo capii dal gesto brusco con cui buttò le coperte ai piedi del letto. Rimasi a occhi semichiusi nella pallida luce grigia, facendo finta di dormire ancora. Papà fece un sospiro irritato, si sedette sul bordo del letto e si stropicciò gli occhi. Sembrava già esausto prima ancora che iniziasse la giornata ed ero dispiaciuta per averlo tenuto sveglio la notte.

Mi tirai su di morale quando lo vidi infilarsi i pantaloni sopra le mutande lunghe di lana, mettersi gli stivali e aprire la porta, perché magari avrebbe trovato il cane, o almeno qualche impronta recente.

Trattenni il fiato, ma il suo passo pesante non si interruppe e si allontanò dalla casa.

Feci finta di essere addormentata anche al suo rientro, quando attizzò il fuoco e mise a friggere delle grosse fette di bacon di tacchino. Udii il tintinnio del cucchiaio contro le pareti del vasetto di miele e me lo immaginai a spalmare in abbondanza tutta quella dolcezza dorata su una bella fettona di pane, ma restai sdraiata, immobile. Perfino quando la mia pancia iniziò a brontolare, per ordinarmi di alzarmi a riempirla, rimasi sotto le coperte, respirando lentamente e a fondo per risultare convincente.

Non c'era soltanto il fatto che non volevo affrontare lo sguardo cupo di papà. A dirla tutta, non avevo la forza di iniziare la giornata. Non senza il cane. Anche da sotto le coperte, la stanza mi sembrò più grande e vuota di quanto non fosse con lei dentro, seppure solo a metà. L'aveva riempita tutta e aveva riempito pure il mio cuore e adesso entrambi i luoghi mi sembravano irrimediabilmente vuoti.

Dopo vari suoni di masticazione, sentii papà che metteva i piatti della colazione nel lavabo, udii la stoffa di flanella della sua camicia che scivolava senza intoppi nella manica del suo cappotto in pelle di daino. Sentii le trappole di metallo che sbatacchiavano l'una contro l'altra quando le sollevò da terra. Prima di uscire, si avvicinò al mio letto. Per un minuto eterno fui sovrastata dalla sua ombra, poi lo scalpiccio dei suoi stivali, lo scricchiolio della porta e uno spiffero freddo che colpì la mia guancia mi fecero capire che era partito per la montagna.

Fu il brontolio della mia pancia che mi spinse giù dal letto. Quello, e sapere che c'erano i compiti da fare. Quello, e sapere che se fossi rimasta a letto tutto il giorno avrei dovuto affrontare qualcosa di molto peggio di un'occhiataccia di papà. Ma più di tutto, a farmi alzare fu la speranza che il cane tornasse.

Sbirciai dalla finestra, ma lei non c'era, così decisi di dare retta ai crampi della fame. Sul ripiano accanto al lavello c'era un piatto con tre croccanti fette di bacon e una fetta di pane spessa il doppio del solito. La superficie era ricoperta di miele, proprio come piaceva a me. Con quel gesto papà cercava di dirmi che non era più arrabbiato. Il mio cuore si allargò in un sorriso.

Mi sentii più ottimista anche per tutto il resto. Tolsi dal letto le due coperte più esterne. Una la appoggiai sul pavimento, all'interno di un quadrato di luce disegnato dai raggi del sole. L'altra me la avvolsi intorno al corpo.

Mentre facevo colazione sdraiata al sole, feci un programma per la giornata e lo annotai sul quaderno.

1. *Vestirsi.*
2. *Vestirsi pesante.*
3. *Uscire sulla veranda e chiamare il cane.*
4. *Fare i compiti di ortografia.*
5. *Vestirsi pesante.*
6. *Uscire sulla veranda e chiamare il cane.*
7. *Fare i compiti di aritmetica.*
8. *Vestirsi pesante.*
9. *Uscire sulla veranda e chiamare il cane.*

Appena messo un piede fuori dalla porta, i miei occhi caddero su un mucchietto di scaglie di pigna sul margine della veranda. Una piccola pila, proprio su un punto del pavimento dove battevano i raggi del sole. Qualcuno, come me, si era goduto la colazione e si era scaldato al sole. Mi avvicinai di un passo ed ebbi la certezza che si trattava di uno scoiattolo rosso, lo capii dalle sue piccole impronte. Cinque dita: tre unite al centro, due un po' distanziate dalle altre (una per lato) e nessun segno dietro. Si era sistemato per bene al sole del mattino e aveva strappato le scaglie a cinque pigne per raggiungere i piccoli e saporiti pinoli.

Ma del cane non c'era traccia. Guardai il legno su cui aveva scalpicciato il giorno prima, coperto di ghiaccio e deserto. Mi sentii sconsolata. Le sue impronte erano vecchie del giorno prima e dicevano solo una cosa: non era tornata.

Malgrado questo, la chiamai con un grido. Era parte del mio programma per la giornata. Ma l'unica a rispondermi fu una cincia.

Tornai in casa e feci i compiti di ortografia come in un sogno a occhi aperti. Sottolineai la parola che esprimeva l'azione in ciascuna delle frasi che avevo scritto sul cane e ci misi sopra una V in stampatello che stava per "verbo". Ma mentre le mie dita compivano questi gesti, tutto il resto di me ricordava la sensazione della pelliccia del cane e il raspare delle sue unghie contro la porta la prima volta che si era presentata qui.

Liquidati i verbi, feci un circolo intorno al personaggio che compiva l'azione in ognuna delle frasi e scrissi S, per "soggetto", e intanto la mia mente pensava a come sarebbe stato bello svegliarsi al mattino e per prima cosa mettere una mano fuori dalle coperte e ricevere una leccatona calda e affettuosa dal mio cane.

Uscii per la seconda volta sulla veranda. L'aria si era fatta più fredda e aveva cominciato a nevicare. Mi calcai sulla testa il mio ruvido berretto di lana.

– Cane! Ca-a-ne.

Niente, questa volta nemmeno la cincia. Gli animali erano tutti rintanati altrove, al riparo dalla bufera. Eppure, setacciai con lo sguardo tutto lo spazio fino al canyon e poi di nuovo verso il bosco, nello sforzo di individuare una coda vaporosa o una striscia rossiccia attraverso il velo bianco della neve che cadeva. Niente.

Rientrai stancamente per dedicarmi all'aritmetica. Rabbrividivo per il freddo, mentre le mie speranze si facevano piccole piccole.

I compiti lasciati da papà mi rianimarono. Dovevo scrivere delle frasi per dimostrare di conoscere la tabellina del dodici. La più difficile per quel che mi riguarda. E penso che dipenda soprattutto dal fatto che viene dopo tutte le altre, che già ti hanno distrutto. Ma mi ci misi con entusiasmo, perché mi offriva un'altra opportunità di parlare del cane.

Sono necessari <u>dodici</u> passi a una bambina della mia taglia per andare dalla stufa alla porta per cercare il cane.

Se la bambina della mia taglia ci va <u>*una*</u> *sola volta, quanti passi dovrà fare?*

Risoluzione: 12 x 1 = 12

Risposta: farà <u>*dodici*</u> *passi.*

Iniziai a scrivere tutti gli altri problemi sullo stesso argomento (i dodici passi per cercare il cane), ma cominciò a diventare noiosissimo al 12 x 4. Decisi di diversificare un po'.

Se il cane resta con me per <u>*dodici*</u> *giorni e mi rende così felice da farmi sorridere da un orecchio all'altro ogni giorno, e se il soggiorno di* <u>*dodici*</u> *giorni si ripete per* <u>*otto*</u> *volte, per quanti giorni avrò un enorme sorriso sulla mia faccia?*

Risoluzione: 12 x 8 = 96

Risposta: avrò il sorriso per <u>*novantasei*</u> *giorni.*

Quando arrivai al 12 x 12 ero così eccitata da non riuscire più a stare seduta. Così, in anticipo sul mio programma, mi infagottai per bene e uscii sulla veranda.

Il cielo era grigio cupo. Il vento ululava selvaggio e faceva turbinare la neve fresca, tanto che non riuscivo a distinguere nemmeno la prima fila di ginepri. Perfino la neve più vecchia, ghiacciata, si sollevava, colpiva con spilli di ghiaccio le mie guance e faceva lacrimare gli occhi.

L'eccitazione svanì. Il cane non mi avrebbe mai sentito se lo avessi chiamato. Non mi avrebbe visto, anche se ci avesse provato, attraverso la neve. Inviare un messaggio al suo naso era la mia unica possibilità, ma avrebbe funzionato solo se si fosse trovata ancora nelle vicinanze del canyon e per di più sottovento.

Rientrai e chiusi bene la porta per proteggermi dal vento. Per prima cosa alimentai la stufa, per scaldare la carne e pure me stessa.

Prima di uscire fuori con la bistecca pronta, guardai il cielo. Le nuvole scorrevano sopra gli alberi e venivano verso la nostra casa come enormi fantasmi informi. D'un tratto mi sentii troppo piccola, mi vennero le vertigini perché non riuscivo a fissare niente che fosse fermo: nuvole in movimento, nuvole in corsa, nuvole spettrali che mi arrivavano addosso.

Ma c'era il cane. Il cane. Cercai l'innata testardaggine, sempre più nascosta dentro di me. Mi ci volle più di un minuto per localizzarla, sepolta sotto le mie parti più ansiose e impaurite. Però era lì, in attesa, e la tirai fuori con tutta la mia forza. Fu lei, la mia parte testarda, a spingere nella veranda le mie gambe tremanti. La luce era calata e non riuscii nemmeno a riconoscere, passandoci sopra, l'asse con la testa di lupo o quella con le tacche dei compleanni.

Con passi trascinati arrivai fino in fondo, le braccia protese in avanti a reggere il recipiente della carne e a farlo oscillare nell'aria in tutte le direzioni. Ma soprattutto verso il canyon.

Le mie orecchie erano all'erta. Un ululato? Un latrato o un lamento? Uno scalpiccio sulla neve indurita dal ghiaccio?

Niente.

Soltanto io e il vento e le nuvole spettrali.

14

Quarantasette giorni

– Sveglia, Dessa Dean, sveglia!

Aprii gli occhi, era buio pesto ma udii la voce di papà, carica di preoccupazione. Mi scuoteva per farmi svegliare.

Restai confusa per qualche istante, senza capire dove mi trovassi e che ora fosse. Poi ricordai di essere rientrata in casa, dopo aver chiamato ancora il cane senza successo, e di essermi stesa sotto le coperte per scaldarmi. Nel frattempo era tornato papà. Doveva essere ora di cena. «Oh-oh» pensai. Mi misi seduta e mi stiracchiai.

– Stai male?

Dalla voce di papà intuii che la vera domanda era un'altra. Si chiedeva se stessi impazzendo, anche se mi aveva assicurato che non sarebbe accaduto.

Scossi la testa, benché non potesse vedermi al buio.

– No, ho solo preso freddo quando sono uscita a chiamare il cane, e mi sono rintanata sotto le coperte. Devo essermi addormentata.

– Meglio così –. La sua voce era molto sollevata.

– Non è tornata – dissi. – Non è tornata indietro –. Il mio tono suonava come un'accusa anche se non ne avevo intenzione.

– Non vedo come un cane con un briciolo di intelligenza possa andare in giro nel bel mezzo di una bufera – disse. – Probabilmente è rintanata da qualche parte, in attesa che finisca. Vedrai che domani ripassa di qui.

Percepii il dubbio nascosto dietro il tono rassicurante. Mi diede una pacchetta su un ginocchio.

– Dessa Dean, lo sai che è quasi Natale?

Deglutii. Sbirciai il suo viso nell'oscurità.

– Certo, ma senza la mamma... Come faremo a festeggiare?

Era una domanda da un milione di dollari e spremette la mia voce fino a farla diventare uno squittio. E doveva essere stata una mazzata che aveva zittito anche papà. Lo sentii cedere sotto il peso della cappa scura e densa che era scesa su di noi.

Fece un lungo sospiro, poi gli tornò la voce.

– Sarà Natale anche per noi –. Mi fece più o meno lo stesso effetto di quando mi aveva detto che non ero matta. – So che a te piace, Dessa Dean. E piaceva anche alla mamma. Non avrebbe voluto che rinunciassimo.

Mi abbracciò con forza.

– Dai, tiriamo fuori le decorazioni e rendiamo più allegra questa casa.

Qualcosa dentro di me iniziò a fare male, al pensiero del Natale, al ricordo del Natale con mamma. Dovevo fermarlo prima che diventasse troppo forte, troppo brutto. Troppo.

– Ceniamo? – chiesi. – Adesso preparo.

Ma papà non era disposto a lasciar cadere il discorso.

– La cena può aspettare – disse. Mise nuova legna nella stufa, accese la lampada al cherosene e da un cantuccio accanto alla libreria tirò fuori il baule di legno che conteneva i nostri tesori natalizi.

– Sai i miei compiti di aritmetica? – rilanciai. – Sono riuscita ad arrivare solo a undici per dodici. Puoi dare un'occhiata?

Ma papà non mi diede retta. Si limitò a soffiare via la polvere dal coperchio del baule e lo aprì.

Malgrado tutto, non riuscii a fare a meno di avvicinarmi.

In cima, arrotolato come una vecchia pergamena, c'era il calendario dell'Avvento di mamma. Lo aveva fatto quando io ero ancora molto piccola, avevo appena cinque anni. Tenere il conto dei giorni che ci separavano dal Natale era la parte che mi piaceva di più. Il calendario era in feltro rosso ed era alto quasi un metro, cioè cento centimetri.

Papà prese il calendario e lo srotolò. Ai due angoli in alto era cucita una cordicella a treccia verde che serviva ad appenderlo e sulla parte superiore del tessuto rosso erano attaccati ventiquattro luccicanti bottoni automatici argentati. Nella parte inferiore, c'era il calendario dell'Avvento vero e proprio: mamma aveva cucito ventiquattro piccole tasche di percalle rosso, ricavate dagli scampoli di una tovaglia fatta da lei. Ogni tasca aveva una data, ricamata a mano, dal 1 dicembre al 24, e dentro c'era un simbolo legato al periodo natalizio, realizzato con materiali scompagnati, imbottito di ovatta e provvisto di un automatico su un lato.

Sapevo a memoria, perché li avevo contati mille volte, che c'erano i tre re magi in seta viola, tre cammelli di velluto a coste color sabbia, un cassa in tessuto jeans per l'incenso e la mirra portati dai re magi a Gesù, tre pecore pelose fatte con il cotone preso all'emporio in città, un pastore in pelle di daino con un bastone marrone, tre angeli di cotone (puro al cento per cento) usato da mamma per le federe dei nostri cuscini, tre trombe dorate in lino, una stella cometa di fili luccicanti fatta all'uncinetto, il bue e l'asinello in pelle di daino, una mangiatoia marrone di feltro, un Gesù Bambino di broccato beige, una Vergine di lana azzurra e un Giuseppe di flanella verde.

Quando iniziava dicembre, la mattina dopo colazione, prendevo il piccolo tesoro contenuto nella tasca e lo attaccavo sulla parte alta del feltro con l'automatico. La vigilia di Natale, però, non attaccavo nessuna figurina. Ma a notte fonda, quando eravamo sicure che fosse passata la mezzanotte, ci alzavamo dal letto e attaccavamo il Bambin Gesù nel giorno vero del suo compleanno. Mamma era così brava che aveva progettato il calendario in modo che, quando tutte le figure fossero state attaccate, avrebbero formato la scena di un presepe. Maria e Giuseppe in piedi accanto alla mangiatoia dove era sdraiato Gesù, il bue e l'asinello dietro Giuseppe, con le teste reclinate, e tutto il resto. Era perfetto.

– Temo di non sapere che giorno sia oggi, Dessa Dean – disse papà. – Era mamma che teneva il conto esatto delle date –. Dietro alle sue parole, questa volta, percepii un po' di sgomento.

– Oggi è il 20 dicembre! – risposi di getto.

La bocca di papà si allargò in un sorriso luminoso.

– E come fai a esserne così sicura?

Come avrei voluto rimangiarmi le parole! Provai a evitare la domanda di papà cambiando discorso: – Pensavo di fare dei muffin di farina di mais per cena.

Ma di nuovo lui non era intenzionato a fare cadere la cosa.

– Dessa Dean, mi rispondi? Come fai a conoscere la data giusta?

Non potevo fare altro che dire la verità. Presi fiato e parlai come un torrente in piena.

– Mamma si è gelata quarantasette giorni fa. Era il 3 novembre. Quindi oggi è il 20 dicembre.

Era come se tutta l'aria fredda dell'inverno fosse entrata nella stanza e avesse trasformato *noi* in statue di ghiaccio.

Un silenzio assordante calò nella stanza. E il rimbombo era tale che credetti che mi sarebbero scoppiati i timpani. Ansimavo, ed era l'unico modo in cui riuscivo a far entrare aria nei miei polmoni. Un nuovo incubo-di-giorno incombeva su di me. Caddi a corpo morto su papà, sentii che mi prendeva al volo e mi attirava verso di sé. Mi tenne stretta, mentre il dolore provocato dalle mie parole penetrava come un ferro rovente nel mio corpo.

Parecchio più tardi, quando la fiamma della lampada a cherosene si era esaurita con un tremolio, quando nella stufa occhieggiavano solo braci arancioni, papà mi sollevò e mi portò a letto. Mi tirò su le coperte fino al viso. Non mi sgridò perché non avevo preparato i muffin di mais, non mi sgridò perché non avevo preparato niente di niente per cena o per non aver completato la tabellina del dodici. Si limitò ad asciugarmi le lacrime con le sue mani ruvide, e al tempo stesso così delicate, e poi andò a sdraiarsi a sua volta. Le gambe del letto cigolarono quando si buttò sul materasso, gli stivali caddero a terra uno dopo l'altro con un tonfo, un lungo sospiro uscì dal suo cuore nell'oscurità e un attimo dopo ero addormentata.

15

L'angelo

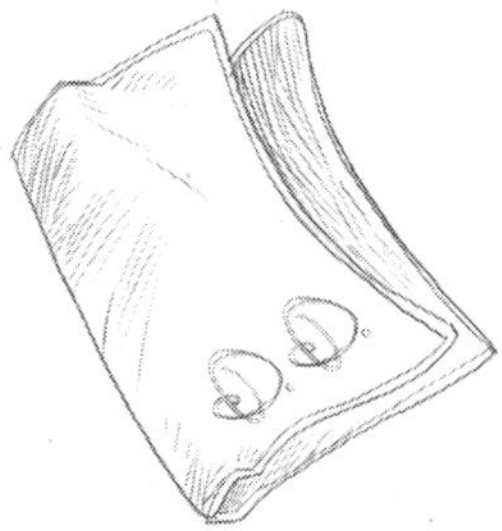

– Dessa Dean, alzati! Alzati!

Mi svegliò la voce di papà. Il mio cuore fece un salto, sembrava che tutto si stesse ripetendo. Ero prigioniera di un altro dei miei incubi? Fu la prima domanda che mi saltò al cervello, ancora confuso per il sonno. E se papà avesse continuato per sempre a svegliarmi e a dirmi che tra un po' era Natale? E se io fossi stata obbligata a contare per sempre i giorni passati dalla morte di mamma sul calendario dell'Avvento? Chiusi gli occhi e li strinsi forte, nel tentativo di rendere tutto invisibile.

– Dessa Dean, alzati subito!

La sua voce mi arrivava forte e vicina. Aprii le palpebre, aspettandomi di vedere tutto buio. Ma davanti a me c'era il contorno del viso di papà. Sorridente. Molto sorridente. Mi sentii invadere da un senso di sollievo: se c'era abbastanza luce da permettermi di vedere i suoi denti, significava che non era più sera, ma il mattino dopo, una nuova giornata.

– Alzati in questo preciso istante e va' a vedere –. Papà mi tolse le coperte di dosso. Mi strinsi nelle spalle come reazione al freddo.

Si diresse verso la porta, e io dietro, strascicando i piedi nudi. E poi la aprì. L'aria fredda colpì come uno schiaffo le mie guance e le gambe. Mi tirai giù il berretto di lana ruvida fin sotto ai lobi delle orecchie. Le ginocchia iniziarono a tremare e a cozzare l'una contro l'altra.

– Guarda.

Papà indicava la veranda, la neve sul pavimento. Avevo gli occhi ancora annebbiati. Erano due fessure attraverso le quali riuscivo a malapena a sbirciare e per di più la luce dell'alba era ancora flebile. Non ce la facevo proprio a distinguere nulla.

– Cosa? – fu il massimo che riuscii a dire.

– Apri gli occhi e guarda. Quel cane del cavolo è tornato.

Non c'è bisogno che dica che la notizia mi svegliò all'istante. Mi misi a gattoni e notai nuove impronte di zampe di cane che andavano da una parte all'altra della veranda. Aveva camminato di nuovo su e giù. E dove si era accucciata c'erano le piccole pozze di neve sciolta dal calore del suo corpo. Era tornata! La mia cagnolona era tornata!

L'atmosfera in casa diventò allegra all'istante. Come in certe mattine speciali, quando mamma, papà e io finivamo in tutta fretta i nostri lavori per andare a fare compere in città.

Papà sbrigò le faccende domestiche con determinazione: tagliò la porzione di carne che sarebbe servita per cena, mise a friggere il bacon della colazione. E senza che io dicessi niente, portò in casa quattro bracciate di legna, anziché le solite due. Io rimasi tutto il tempo nella veranda, saltando da un piede (freddo) all'altro e chiamando il cane.

Ma non venne.

– Non torna – dissi, quando il freddo divenne insopportabile e mi rimandò in casa. Mi avvicinai alla stufa.

– Dubito che lo faccia, almeno finché ci sono io. Si ricorda la paura che le ho fatto –. Papà rigirò il bacon nella padella. – Secondo me, appena me ne vado, si farà di nuovo vedere in giro. Può essere una buona idea tenerle da parte la colazione. Ti lascio pronto un pezzo di carne di cervo, puoi farlo cuocere nel grasso del bacon. Sarebbe un pasto da sogno perfino per un cane di città abituato al lusso.

Ovviamente, appena papà scomparve oltre il pino e i

ginepri, mi coprii bene, mi precipitai fuori e ricominciai a chiamare il cane. Nemmeno questa volta arrivò, ma non mi scoraggiai, nemmeno un briciolo, sapevo che era solo questione di tempo e l'avrei rivista.

Pensai bene di buttarmi subito sui compiti, per toglierli di mezzo e potermi dedicare al cane appena fosse tornata. Spinsi il tavolo vicino alla stufa, mi piazzai su una sedia e sfogliai il mio quaderno fino ad arrivare a una pagina pulita.

Provai con tutta me stessa a concentrarmi, ma il mio cervello non voleva saperne di collaborare. Se ne andava per conto suo nella veranda, per vedere se il cane era in arrivo, a grandi balzi nella neve. Anche le mie orecchie erano distratte, impegnate a cogliere il minimo rumore proveniente da fuori come se si fossero staccate dalla mia testa per incollarsi alla porta. Perfino i miei occhi non riuscivano a fissare a lungo il foglio, tanto che alla fine, con un sospiro, permisi anche a loro di distrarsi.

Si spostarono allo scatolone delle cose di Natale, rimasto aperto dalla sera prima. E all'improvviso mi venne la voglia di decorare la casa. Era un modo per dimostrare al cane quanto fossi felice per il suo ritorno. Sarebbe stata una specie di f-e-s-t-e-g-g-i-a-m-e-n-t-o.

Mi accovacciai accanto al calendario dell'Avvento e

passai la mano sul lucido percalle delle tasche. Ero talmente di buon umore che il calendario tornò a essere un allegro tesoro, esattamente come lo aveva pensato mamma. «Oggi è il 21 dicembre, il primo giorno dal ritorno del cane» mi dissi. Presi la pecora di cotone dalla tasca numero ventuno e la attaccai con l'automatico al feltro. Vederla mi strappò un sorriso. E subito mi misi ad attaccare tutte le figure dei giorni precedenti, dal ventesimo al primo. Una volta terminato, l'asino, il bue, due pecore con i loro pastori, tre angeli con tromba, uno dei re magi e la mangiatoia erano tutti ai loro posti.

Spostai il mio giaccone dal chiodo accanto alla porta allo schienale della sedia. Al suo posto misi il calendario, attaccandolo con la cordicella a treccia. Feci un passo indietro e ammirai il lavoro di mamma, come avevo fatto tante altre volte.

Tornai allo scatolone, c'erano ancora molte decorazioni che volevo sistemare. I miei occhi caddero su un pacchetto grande più o meno come la teglia per il pane di mamma, avvolto nel velluto verde. Mamma aveva sborsato una sommetta per quel panno, all'emporio in città. E se l'aveva fatto era solo perché la stoffa doveva racchiudere qualcosa di molto prezioso.

Toccai il pacchetto e già qualcosa di doloroso iniziava a pungere dentro di me. Ma insieme a esso stava spuntando qualcos'altro, un desiderio, ed era grande il doppio. Accarezzai il soffice velluto. I miei occhi fissavano ipnotizzati il tessuto che diventava più scuro o più chiaro a seconda della direzione con cui ci passavo sopra le dita.

Presi il pacchetto e lo appoggiai sul pavimento. Con estrema delicatezza, sciolsi i nodi dello spago (uno in cima, uno in mezzo e uno in fondo) con cui mamma lo aveva richiuso dopo le feste di Natale dello scorso anno.

L'atmosfera si era fatta solenne, come in una chiesa. Iniziai a srotolare il velluto con entrambe le mani. La stoffa si allungò verso la stufa, come una striscia di prato verde sul legno del pavimento. Dopo quattro giri completi, il velluto era completamente disteso e svelava il tesoro che aveva custodito fino a quel momento: un bellissimo angelo, ricavato da un pezzo di legno di pino. Papà l'aveva intagliato per mamma prima ancora che io nascessi. O almeno così mi aveva sempre raccontato lei e l'avevo preso per buono. Diceva che papà aveva perso molto tempo a cercare il pezzo giusto di legno, senza buchi e senza nodi. E appena l'ebbe trovato si mise al lavoro per dargli la forma di un angelo perfetto.

L'angelo

Anno dopo anno, da che riuscivo a ricordare, insistevo con mamma per tirare fuori l'angelo alla prima nevicata. E dopo Natale, le chiedevo di non metterlo subito via con le altre decorazioni. La pelle marrone aveva sfumature chiare e scure, mescolate e intrecciate come è tipico del legno. Le punte dei piedini erano appoggiate su un piedistallo rotondo. Intorno al corpo aggraziato era drappeggiata una tunica, dall'aspetto morbido e comodo, il classico vestito che uno vorrebbe indossare in Paradiso. Sfiorai le ali aperte. Si incurvavano verso il cielo come se l'angelo stesse per posarsi sulla terra, come se bastasse un ultimo battito per toccare il suolo con delicatezza. E c'erano anche le piume, tante piume, incise sulle ali. Ogni anno provavo a contarle e ogni volta mi veniva fuori un numero diverso. Un anno ne aveva quarantasette sull'ala destra e trentanove su quella sinistra. L'anno dopo, quarantotto a sinistra e cinquantadue a destra. Qualunque fosse il numero giusto, ogni piuma si incastrava perfettamente con quella prima, quella dopo e quella di sopra. Formavano una trama perfetta e avevo sempre pensato che, se una sola si fosse perduta, l'angelo non sarebbe più stato in grado di volare. Le sue braccia erano aperte come le ali, in modo accogliente, come se aspettasse da un momento all'altro qualcuno da abbracciare. Le trecce dei capelli erano perfino più fini e delicate delle piume delle ali. Come ci era riuscito papà? C'erano tre trecce a ognuno dei due lati della testa e si riunivano in una piccola crocchia sulla nuca. Seguii i loro incroci con i polpastrelli. All'improvviso, vidi qualcosa che fino ad allora non avevo notato: *quello* era il modo in cui mamma si pettinava nelle occasioni speciali, proprio come Natale. Erano i capelli di mamma il modello usato da papà. E poi una domanda, seguita da un lampo, mi attraversò la mente e il mio sguardo si spostò sul viso dell'angelo… Il viso di mamma. Perché non me ne ero mai accorta? «Perché la faccia di mamma, quella vera, l'avevo sotto gli occhi tutti i giorni» mi risposi. Ma adesso mi resi conto che gli zigomi alti dell'angelo erano come i suoi, che le belle labbra si inarcavano delicatamente come quelle di mamma quando sorrideva appena. E gli occhi dell'angelo avevano la forma morbida di una mandorla. Erano gli occhi di una cerbiatta. Come mamma.

Le lacrime sgorgarono dai miei occhi e scesero lungo le guance, mentre una pesante e floscia coltre di tristezza calò su tutto il mio essere.

Ma poi, d'un tratto, prima che la disperazione riuscisse ad afferrarmi senza mollare più la presa… Sentii grattare alla porta.

16

Il ritorno

Rimasi immobile, con le orecchie in allerta, tese a catturare il suono. Ed eccolo di nuovo. Un sorriso si formò sulla mia faccia, un sorriso enorme, da farmi venire male alle guance. Con molta attenzione appoggiai l'angelo sulla libreria e i miei piedi si misero in movimento. Mi avvicinai zitta zitta alla porta, con dodici passi zitti zitti. Pensai che avrei dovuto rallentare ulteriormente, per non spaventare il cane, ma nessuna parte del mio corpo riuscì a fermarsi.

Così, anziché essere prudente e giudiziosa, spalancai la porta e mi fiondai fuori, dimenticando per una volta di tirare giù il berretto di lana per proteggermi le orecchie.

L'aria invernale pungeva i miei occhi sgranati e mi sembrava che le pupille fossero diventate di vetro. Ma erano ancora in grado di vedere. Erano ancora in grado di vedere il cane.

Fu come mangiare una delle torte di mamma. Nel senso che me la mangiai con gli occhi. Il mio sguardo incrociò i suoi grandi occhi marroni, che si allargarono fino a mostrare il bianco quando mi parai di fronte a lei. Per un attimo scodinzolò, poi la sua coda vaporosa ricadde, in allerta. Le sue grosse zampe incespicarono nel cercare la presa sul pavimento ghiacciato della veranda e le sue gambe (con quella davanti a destra che si muoveva dopo le altre) virarono. Era pronta a fuggire ancora.

– No, no, no. Non andartene, per favore, no – sussurrai e, nello stesso momento, mi piegai sulle ginocchia, nella speranza di sembrare piccola e meno minacciosa, e spalancai le braccia. Come un angelo.

La cagnona si immobilizzò e inclinò il muso, con gli occhi fissi nei miei.

– Rrru – disse. E veloce come un fulmine estivo mi saltò in braccio.

La taglia e il peso mi buttarono a terra prima che riuscissi a dire «be'» e dopo una frazione di secondo atterrai sulla schiena, con addosso il cane, pronta a leccarmi le guance con la sua lingua calda e morbida.

Girai la faccia dall'altra parte, ma non sembrava voler smettere.

Dopo molto, ma molto tempo, le diedi una spinta all'indietro, gentile ma decisa, così potei tirarmi su e vedere qualcos'altro a parte il suo lungo naso vellutato.

Una volta riguadagnata la posizione eretta, le appoggiai una mano sulla testa marrone e la guardai negli occhi: – Bentornata! –. A lungo le accarezzai la testa setosa, la fascia scura del collo e la schiena forte per tutta la sua lunghezza. Era il mio modo per ricambiare le sue leccate.

Passammo così molto tempo, ad abituarci l'una all'altra. Poi mi alzai, lentamente e senza movimenti bruschi. E mentre le parlavo con voce calma, feci un paio di passi verso la porta.

– Forza, ragazza – dissi. – Dentro fa caldo e si sta bene.

Si mise a scodinzolare e mi seguì in casa.

Lasciai la porta aperta per la sua tranquillità psicologica e misi altra legna nella stufa per la mia tranquillità termica. Sistemai il pezzo di carne di cervo nella padella ancora sporca del grasso del bacon e iniziai a scaldare un delizioso pasto canino.

Avrei scommesso qualsiasi cosa che era affamata. Mentre ero ai fornelli e muovevo la padella sulla fiamma per far fondere il grasso ormai rappreso, camminava su e giù e produceva piccoli gemiti. Quando l'aroma della cucina diventò davvero intenso, si accovacciò e con il naso mi diede un colpetto dietro alle ginocchia. I suoi grandi occhi marroni sorrisero ai miei, srotolò la lingua e qualche goccia di saliva cadde sul pavimento. Con voce gentile, mi invitò a sbrigarmi.

– Uof – furono le sue esatte parole.

Non potei trattenere un sorriso. Ero felice da scoppiare.

Rigirai la carne nel grasso e la tagliai in tanti bocconcini, poi la misi nella ciotola, che appoggiai a terra davanti a lei.

Per un minuto o giù di lì si sentì solo masticare e leccare. E quando il cane terminò, sembrava che la ciotola fosse già stata lavata.

Poi alzò lo sguardo verso di me e batté la coda per terra.

Non c'era possibilità di equivoco: ne voleva ancora.

Ma era rimasta soltanto la carne della nostra cena. L'ultima cosa che desideravo era che papà e il cane iniziassero di nuovo con il piede sbagliato. E dare a lei la cena di papà sicuramente non avrebbe aiutato.

– Mi sa che per ora è tutto, ragazza. Non vorrai strafare il tuo primo giorno, vero?

Inclinò la testa di lato, segno che mi ascoltava con attenzione.

Piagnucolava. Io mi mordevo il labbro inferiore, in cerca di un'idea.

Che alla fine arrivò. Mi misi a cercare tra gli scaffali della dispensa e alla fine recuperai due patate. C'era ancora tutto il grasso del bacon, così affettai le patate e le passai nella padella. Spalmate di sugo e gocciolanti, nemmeno io mi sarei accorta che non erano pezzi di carne.

E se il cane se ne accorse, fu comunque abbastanza educato da non darlo a vedere. In una manciata di secondi fece sparire tutto e leccò a lucido il recipiente.

– Questa volta basta sul serio – le dissi. – Potresti fare indigestione, soprattutto se è un cibo a cui non sei abituata.

Mi diede ragione, almeno così sembrò a me: passò la lingua un'ultima volta nella ciotola e poi si avvicinò alla stufa. Rimase immobile per un momento, indecisa sul da farsi e poi si mise a camminare in tondo, ruotando su se stessa. Risi forte, era troppo buffa. A quel punto si fermò e mi guardò come se fossi io quella che faceva cose strane e un po' stupide.

Ma dopo un attimo di pausa ricominciò e allora capii che faceva esattamente quello che farebbe un coyote o un lupo che avesse deciso di schiacciare un sonnellino all'aria aperta. Si costruiva un letto: pestava l'erba alta della prateria o del bosco, la schiacciava perché fosse più comodo sdraiarcisi sopra.

Il pavimento di legno, però, non collaborava. Il cane smise di camminare in cerchio e iniziò a grattare le tavole con le unghie delle zampe anteriori. Provava a scavare e intanto ringhiava al pavimento. Era esasperata perché non riusciva a ottenere il solito risultato.

Alla fine, rassegnata alla cocciutaggine del legno, si accasciò, con il mento appoggiato alle zampe davanti, e fece il sospiro più lungo che avessi mai sentito in vita mia. Un momento dopo, stava ronfando alla grande.

Intanto la temperatura in casa si era notevolmente abbassata a causa dell'aria fredda esterna. E ora che il cane stava pisolando, pensai di approfittarne per chiudere la porta.

In punta di piedi attraversai la stanza (nove passi e mezzo) e feci per chiudere, accompagnandola con cautela, ma accidenti a quello scricchiolio!

Il cane saltò in piedi e con la solita zampa anteriore destra storta e zoppicante si precipitò verso l'uscita.

Indietreggiai e mi misi in mezzo tra lei e la porta, con le braccia spalancate, a fare barriera e dissi la prima cosa che mi venne in mente: – Guarda qui! – e indicai il calendario dell'Avvento. – Vedi quella pecora? È la pecora del 21 dicembre. L'ho attaccata stamattina per segnare il tuo ritorno. Va tutto bene.

– Uof – fece lei, mentre cercava di infilarsi tra il mio corpo e l'uscita, grattando contro la base della porta come una pazza.

– Che ne dici di un'altra patata? –. Non volevo darmi per vinta.

Ma al cane non interessava più il cibo, era nel panico. Indietreggiò di tre-quattro passi, incespicò. Guaiva da strappare il cuore. Continuava ad annusare, a dare colpetti alla porta o a cercare di scavare da sotto.

Io ero decisa a tenerla chiusa e aspettare che si calmasse. Se fosse fuggita di nuovo non lo avrei sopportato. Poi mi guardò e capii. Capii che il cane aveva bisogno di andarsene fuori con la stessa disperazione con cui io avevo bisogno di restare dentro. Aveva premuto e sfregato il naso contro il pavimento così forte che si era screpolato tutto, il marrone era diventato rosa e sulla punta si vedeva qualche goccia di sangue.

Non volevo che andasse. Le mie mani tremarono quando toccarono il chiavistello. Tuttavia lo sollevai e indurii il mio cuore, pronta a vederla fuggire.

17

Le stelle di Natale

Non lo fece. Appena aprii la porta, si mise a terra davanti a me, mi guardò dritto negli occhi e mi disse una sola cosa, forte e chiara: – Uof!

Fatto. Trotterellò di nuovo verso la stufa, girò su se stessa un paio di volte e si accasciò.

Rimasi ferma lì, allibita. Poi mi alzai in punta di piedi, come per fare spallucce, mi riabbassai e riempii la stufa di legna.

Anche se il cane non aveva degnato di uno sguardo il calendario dell'Avvento, pensai che dopo un pisolino ristoratore, e con la porta aperta, magari lo avrebbe considerato con maggiore attenzione. Così, dopo essermi scaldata accanto al fuoco, tornai al baule per tirare fuori il resto dei tesori natalizi.

C'erano ancora le splendide stelle che mamma ricavava

dal coperchio e dalla base delle lattine di fagioli o pesche sciroppate. Due o tre volte all'anno, quando andavamo in città, mamma comprava sempre qualche prodotto in scatola. Papà brontolava perché costavano molto: «Vuoi farci finire all'ospizio dei poveri, Josie?» diceva. Ma lei rispondeva con un bellissimo sorriso: «John, pensa che meraviglia, una coppetta di pesche sciroppate! E poi Natale non è lontano e dovremo fabbricare nuove stelle da appendere». A quel punto papà scuoteva il capo e andava a dare un'occhiata a nuove tagliole. Ma, a essere sinceri, eravamo tutti contenti di variare un po' la nostra alimentazione. Era elettrizzante l'idea di mangiare qualcosa che non avessimo coltivato noi o che papà non avesse catturato o ucciso a colpi di fucile. Ritornati a casa, mamma avrebbe messo in forno il suo meraviglioso e friabile pane di mais, avrebbe aperto una lattina di fagioli, li avrebbe appena insaporiti e il nostro banchetto sarebbe iniziato. E per dolce ci sarebbero state le famose pesche sciroppate, servite nelle coppette di servizio buono di mamma.

Quando le lattine erano ormai vuote, mamma staccava la base e il coperchio. I cilindri li avrebbe usati nell'orto, per tenere all'ombra i germogli delicati o sostenere quelli più deboli. Ma i due tondi si trasformavano in stelle luccicanti. Con le forbici per lattine tagliava delle strisce lunghe e sottili dal bordo del coperchio verso il centro, poi le avrebbe ritorte e arricciate e nessuno si sarebbe mai immaginato che in origine erano banali scatole di fagioli. Ogni anno prendeva uno dei coperchi e lo lavorava in modo che potesse reggere un bottone nel mezzo, come una pietra preziosa in un anello. Poi mi diceva di scegliere dalla sua scatola da cucito quello che vedevo meglio al centro di una stella, e lei arricciava e piegava le striscioline del coperchio della lattina fino a trasformarle in un bel nido accogliente che conteneva il bottone e lo faceva sembrare un diamante.

A Natale scorso, avevo scelto un bottone verde di un vestito che mamma aveva buttato negli stracci. Il bottone era grande come una moneta da cinque centesimi, però non era piatto. Era tondo come una bacca e coperto di satin liscio e brillante. Mamma aveva pensato che fosse una buona scelta, perché annuì e sorrise quando glielo mostrai.

Bisognava stare attenti a prendere in mano le stelle perché, per quanto belle fossero, erano anche molto taglienti e ci si poteva pungere o graffiare con il metallo. Ogni stella aveva un'asola di filo sulla punta, di un colore che stava bene con il bottone, nel caso ce ne fosse stato uno. Così la stella poteva essere appesa alla finestra, dove catturava i raggi di sole e rifletteva lampi di luce sulle pareti e sul pavimento per molte ore al giorno.

Presi la stella con il bottone verde e in punta di piedi mi diressi (tredici passi) verso la credenza, passando davanti al cane. Appoggiai la stella sul ripiano con il tagliere per non ferirmi e mi issai anch'io, dandomi la spinta con le ginocchia piegate e puntellando le braccia. Mi ritrovai seduta accanto alla stella. La presi per l'asola, mi allungai verso il chiodo da tre centesimi piantato sopra la finestra, e agganciai. Provavo sempre qualcosa di speciale quando appendevo le stelle, ogni anno. Era come se fossi io per un giorno a decidere dell'universo. Sebbene non avessi mai avuto nulla da ridire per come è decorato il cielo vero, era comunque un piacere poterlo rifare a mio modo. Così, anno dopo anno, dimenticavo dove avevo appeso le stelle la volta precedente e ricominciavo da zero. Papà avrebbe piantato un chiodo in più ovunque glielo avessi chiesto, per le nuove meraviglie fatte da mamma.

Mentre andavo a prendere un'altra stella dalla scatola, quest'ultimo pensiero mi colse di sorpresa. Non ci sarebbero state stelle nuove quest'anno. Non ci sarebbero state mai più.

18

Di corsa

Lasciai perdere le decorazioni. Ormai ero troppo triste per andare su e giù e appendere nuove stelle. Mi sedetti e iniziai a fissare il cane nel sonno. Lo sentii emettere un sospiro di soddisfazione e sospirai anch'io.

Ma in un attimo il mio sospiro si trasformò in una risatina. Perché il cane, che fino ad allora era rimasta sdraiata tranquilla, si mise all'improvviso a correre nel sonno. Iniziò ad agitarsi e a nuotare con le zampe nell'aria, come se stesse cacciando qualcosa, magari un coniglio. Oppure il contrario, era un qualche predatore a inseguire lei. Anche le sopracciglia si unirono alla corsa: si aggrottavano e si rilassavano, per increspamento di nuovo. Il naso iniziò a contrarsi: annusava, annusava… Doveva essere un coniglio. Già.

– Mmmh… Mmmh… – piagnucolava. E continuava a correre.

I suoi piedi sembravano acquistare velocità. Sperai che non stesse scendendo a rotta di collo da una collina. Papà mi raccomandava di non farlo mai, c'era il rischio di perdere il controllo delle gambe e di non riuscire a fermarsi al momento desiderato.

Iniziai a ridere come una pazza. Il cane abbaiò due volte, due piccoli latrati attutiti dalle labbra chiuse e flosce. – Vff, vff – disse, come se ne fosse consapevole. E in quel momento spalancò gli occhi.

Sollevò la testa e guardò la stanza come se stesse davvero dando la caccia a un coniglio. Poi i suoi occhi si fermarono su di me.

Si alzò con calma e si stiracchiò a lungo, davanti e dietro. Prima le zampe anteriori si allungarono sul pavimento e spinsero verso l'alto il sedere, poi il contrario.

– Ouuuh – sbadigliò, guardandomi. Poi si scrollò e trotterellò fuori dalla porta prima che riuscissi a dire una sola parola.

Fissai lo spazio vuoto dove si trovava fino a un secondo prima, mi calcai bene sulla testa il berretto di lana ruvida e uscii in tutta fretta.

– Cane! –. Ruotavo la testa a destra e sinistra così in fretta che mi vennero le vertigini. I miei occhi erano lanterne accese che setacciavano il terreno, in cerca del cane. Non lo trovarono.

– Cane, torna qui. Subito! Mi senti? Mi senti, eh?

– Uof –. La voce arrivava da dietro la casa. Mi sporsi oltre il bordo della veranda, nel tentativo di vedere dietro l'angolo. Nessuna traccia.

– Ca-a-ne – chiamai e provai a mettere il massimo entusiasmo nella mia voce. – Adesso torna qui. Torna qui –. Le ultime parole le dissi con la voce più forte e sicura che mi riusciva di fare.

– Uof – fece lei di nuovo. E d'un tratto apparve, ma dal lato opposto a quello in cui stavo guardando io, e mi sfrecciò davanti. Riuscii a cogliere l'immagine delle zampe, con quella anteriore destra che si posava piatta sul pavimento, ma che nel complesso reggeva bene, la coda dritta, in allerta. Un attimo dopo era di nuovo scomparsa dietro la casa.

Il cuore mi batteva all'impazzata, l'unica cosa che riuscivo a ipotizzare era che un altro animale la stesse inseguendo. Un orso affamato, o un puma. Da un momento all'altro sarebbe sbucato dietro l'angolo.

Feci un paio di passi in direzione della porta, ma non potevo permettere che quella cosa, qualsiasi cosa fosse, la divorasse.

– Cane!

– Uof.

Ed eccola di nuovo, sempre intenta nella sua corsa a rotta di collo.

– Che cavolo succede?! – gridai, quando mi guizzò davanti.

Girò intorno alla casa per tre volte ancora, con la zampa ferita a ciondoloni, ma ogni volta era sola, non si vedeva nessun altro.

Alla fine si buttò nella neve davanti a me. La lingua penzolava da un lato della bocca, i suoi ansimi formavano nuvolette di vapore nell'aria gelida.

– Che ti prende? –. Mi accovacciai anch'io, sul bordo della veranda, con i gomiti sulle ginocchia e il mento tra le mani e la osservai bene. E se fosse stata idrofoba, come aveva temuto papà? Eppure non aveva la bava alla bocca, né sembrava impazzita. Anzi, aveva un aspetto allegro e tranquillo. A momenti mi sorrideva.

Fu allora che alzò il sedere e iniziò a scodinzolare a più non posso.

– Uof – ripeté. Con le zampe davanti saltellava avanti e indietro sulla neve e non smetteva di agitare l'aria con la coda.

Scossi la testa. – Non capisco cosa stai dicendo. Andiamo al caldo –. Mi alzai in piedi, ma il cane fece un salto indietro.

– Uof.

– Va tutto bene, ma andiamo dentro. Mi pungono le orecchie –. Mi diressi alla porta e il cane mi balzò davanti, afferrò con i denti l'orlo del mio cappotto e mi tirò indietro a strattoni. Ma allora era un gioco! Voleva giocare a prendersi come facevamo io e mamma.

La inseguii fino al limitare della veranda e lei si allontanò un po'. Quando vide che non la inseguivo come avrei dovuto, cercò di incitarmi.

– Uof.

Ogni singola cellula del mio corpo voleva saltare giù dalla veranda e giocare con lei, ma mi resi conto che era troppo distante e mi bloccai. Abbassai il capo e indietreggiai verso la porta. Con la punta di uno stivale schiacciavo il nodo del legno a forma di testa di lupo.

– Non posso – dissi a bassa voce, grondante di vergogna. – Non ci riesco, devi venire tu qui.

Si sedette e inclinò la testa, nel tentativo di capire cosa intendessi.

– Devo tornare dentro, adesso – dissi.

La sua coda spazzava la neve. Andai alla porta e mi si aprì il cuore quando la sentii pesticciare il pavimento di legno alle mie spalle. Mi seguiva. Con il lungo muso proteso in avanti, mi spinse da un parte per entrare per prima e, con aria serissima, si mise a scavare il pavimento davanti alla stufa.

A quella vista, una specie di soffice coperta di sollievo mi avvolse con il suo calore. Le azioni del cane mi fecero capire che non pensava che fossi pazza per il fatto di non riuscire ad andare al di là della veranda e per il mio bisogno di rientrare in casa.

Era una comprensione reciproca: lasciai la porta aperta e misi altra legna nella stufa.

19

Hiawatha?

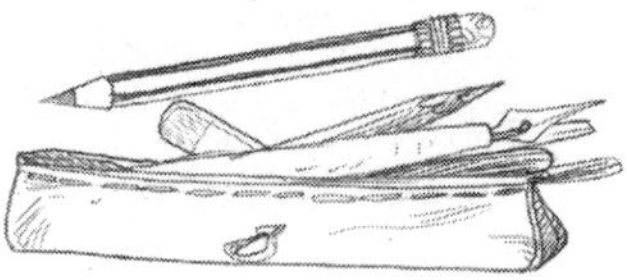

– Ruspa? –. Ero a terra, accanto al cane e cercavo nuovi nomi per lei. Era profondamente addormentata accanto alla stufa e non aveva battuto ciglio davanti a nessuno dei miei tentativi.

– Zampa? Pigra? Birra?

Per tutta risposta continuò a ronfare.

Ci pensai su per un po'

– Briciola? –. Niente.

– Bimba?

Mi spremetti le meningi nel tentativo di capire da dove potesse essere sbucata. Quel pensiero mi spinse verso la libreria, a cercare una poesia che mamma a volte mi leggeva a pezzi. Era in un libro scritto da un tale Henry

Wadsworth Longfellow. Tornai ad accucciarmi vicino al cane e cercai la parte che volevo leggerle. Sollevai una delle sue orecchie penzolanti perché mi sentisse meglio.

Verso Ovest, e oltre, viaggiò.
Branchi di daini lasciò dietro di sé,
Antilopi e bisonti alle sue spalle.
Attraversò l'impetuoso Escanaba,
Attraversò il possente Mississipi.
Oltre le montagne di Prairie
Oltre la terra dei Corvi e delle Volpi,
Oltre i villaggi dei Piedi Neri,
Fino alle Montagne Rocciose…

Ora, sapevo benissimo che il cane era una femmina, e proprio non me la immaginavo nei panni del capo indiano a cui la poesia era ispirata, ma le sussurrai ugualmente il nome all'orecchio: – Hiawatha?

L'orecchio setoso del cane fece un piccolo spasmo, scivolò via dalle mie dita e tornò al suo posto.

– Mi sa di no – feci io e la lasciai dormire in pace. Mi preparai un po' di pane con il miele e mi misi sotto con i compiti di aritmetica e ortografia.

Hiawatha?

Intanto la bimba continuava a dormire. E andò avanti per un pezzo, come se fosse passato molto tempo dall'ultima volta che si era sentita così tranquilla.

Le ombre della sera scivolarono nella veranda ed entrarono nella stanza. E la fame entrò nel mio stomaco, così mi misi a tagliare le verdure e la carne per preparare altro stufato. Nemmeno il profumino della cena riuscì a svegliare il cane. Arrivai perfino a sollevare il coperchio della pentola e inviare l'aroma verso il suo naso. Ma lei rimase sdraiata, immobile.

Mentre guardavo il suo corpo disteso e rilassato mi venne un pensiero degno di un incubo-di-giorno: forse era morta. Come mamma: si era arresa ed era morta senza lottare. Il mio cervello iniziò a girare a mille, come dentro a una centrifuga. I miei polmoni si chiusero e riuscivano a catturare ansia solo attraverso piccoli ansimi. Cercai di raggiungere il tavolo, perché le gambe mi tremavano e non sapevo per quanto tempo avrebbero continuato a reggermi.

– Cane? –. La mia voce era un sussurro.

Non rispose.

Mi inginocchiai e la guardai in faccia, malgrado la luce ormai flebile.

– Per favore, cane. Dimmi che non sei morta, dimmelo.

All'improvviso, mentre eravamo quasi naso contro naso,

un ringhio selvaggio irruppe dall'interno del suo corpo. Il cane si mise in piedi con un balzo.

– Oddio! – strillai e caddi all'indietro, per lo spavento e perché le gambe davvero non mi tenevano.

Il cane non mi guardò nemmeno, mi superò con un balzo e scappò fuori, abbaiando fortissimo, come se volesse dare l'allarme per l'arrivo di qualcuno.

Mi rialzai e le corsi dietro. Passò circa un minuto prima che i miei occhi capissero cosa il cane cercava di dirmi. Stava arrivando qualcuno. Papà. Era appena uscito dal bosco e camminava sulla distesa di neve. Il suo passo era stanco e quando fu più vicino vidi che ancora una volta la sua slitta era quasi vuota. Il secondo giorno di fila di cattiva sorte non poteva certo aver giovato al suo umore.

Cercai di calmare il cane, ma non mi dava retta. Come l'altra volta, scattava di qua e di là nella veranda, abbaiava e ringhiava.

Papà si fermò, alzò la testa e guardò a lungo in direzione del cane, prima di riprendere a camminare.

Quando il cane tentò di saltare verso il lato esterno della veranda, la afferrai per il collo, la tenni ben stretta e la guardai dritto negli occhi.

– Questa è la tua ultima possibilità di rimetterti in

carreggiata con papà. Sta' zitta e comportati come si deve.

Cercò di divincolarsi e di abbaiare, ma io non mollai. I suoi occhi puntavano di lato, cercando di catturare di nuovo l'immagine di papà.

– Parlo sul serio – continuai. – Se vuoi continuare a vivere qui, mangiare e stare al calduccio, dovrai fare amicizia con lui. Guarda che l'uomo che sta arrivando dal bosco è il signore a cui devi dire grazie per la tua recente fortuna.

La sua lingua penzolava fuori dalla bocca e iniziò ad ansimare. Immaginai che fosse per la frustrazione di dover stare seduta ad ascoltare. Questo pensiero mi ammorbidì parecchio, perché anche a me era capitato, e spesso, di sentirmi nello stesso modo quando dovevo stare ferma e buona e fare i compiti.

– Per favore – le dissi, e questa volta davvero con infinita dolcezza. – Voglio che tu rimanga. Lo voglio con tutta me stessa.

Mi guardò negli occhi ed emise un lieve lamento, poi si accucciò vicino a me a guardare papà che avanzava nella neve. Stava seduta, almeno questo problema era risolto. Però mentre papà si avvicinava la sua gola produceva un ringhio, basso ma costante.

– Sssh – feci io, senza ottenere alcun effetto.

Nel frattempo papà si era avvicinato ancora, riuscivo già a distinguere bene la sua faccia. Gli gridai un saluto, ma il cane fraintese e credette che volessi allontanarlo.

– Uof! – fece e si rimise a saltare. – Uof, uof, uof.

Le afferrai il muso tra le mani e strinsi. – Adesso basta, cane –. Le feci segno di no anche con la testa e alzai lo sguardo proprio nel momento in cui papà stava entrando nella veranda scuotendo a sua volta il capo.

– Uof, uof!

– Vedo che il cane è tornato! –. Urlava, per sovrastare il baccano.

– Uof! Uof, uof, uof-uof-uof-uof.

– Sì, avevi ragione, papà! –. Misi le mani a coppa intorno alla bocca perché gli arrivasse meglio il suono della mia voce. – È stata qui tutto il giorno.

– Uof.

– Vedo che non riesci proprio a non abbaiare, cane – disse papà, con una punta di irritazione nella voce.

– Uof. Uof-uof.

– Sssh – le dissi. E poi a papà: – Vuole solo proteggere la nostra casa.

– Uof.

– Mmmf – fu il commento di papà prima di entrare.

20

Con la giacca addosso

Papà dimostrò un'enorme tolleranza quando si rese conto che avrebbe dovuto mangiare con indosso giaccone e berretto. E non fece commenti sul ringhio del cane, che continuò per tutta la durata della cena. A dire la verità, non fece commenti su niente. Si rese conto che era più semplice tacere, che urlare per sovrastare tutto quel baccano.

Il cane si quietò quando le diedi da mangiare. Dopodiché crollò addormentata davanti alla stufa.

Andò tutto liscio fino al momento di andare a letto, quando papà chiarì la sua posizione: – La porta deve stare chiusa durante la notte, Dessa Dean.

– Sì, ma il cane si agiterà di nuovo…

– Vorrà dire che dormirà nella veranda.

– Sì, ma ormai si è abituata a stare al caldo… Non credo che accetterà di dormire di nuovo fuori.

– Non mi importa se lo accetta o no. Questo cane esce e la porta si chiude. Adesso.

Non c'erano spazi di trattativa.

Il cane mi seguì fuori senza esitare, scodinzolando allegramente.

Le presi la testa tra le mani e la guardai negli occhi.

– Passerai la notte fuori in veranda. Qui, dove hai già dormito e c'è ancora il segno nella neve. Domattina, quando papà se ne va, potrai entrare, scaldarti e mangiare qualcosa. Quindi, fa' la brava e appena sveglia, domattina, verrò da te –. Annuii per rassicurarla, la abbracciai forte e, prima di chiudere la porta, mi riempii gli occhi con la sua immagine. Era seduta, con la testa inclinata, e mi guardava con aria paziente.

Quando mi infilai sotto le coperte, sembrava proprio che tutto fosse sistemato.

Per un po'.

Poi sentii grattare alla porta.

E un gemito.

– Dessa Dean, falla stare buona.

– Sissignore.

Saltai giù dal letto e corsi alla porta. Senza nemmeno contare i passi.

Aprii con uno scricchiolio e uscii nell'aria invernale.

– Rrra – mi salutò piano il cane.

– Anche tu mi manchi – le sussurrai e le accarezzai il mantello freddo con la mani ancora tiepide. Mi inginocchiai accanto a lei nella notte gelata, la abbracciai e infilai il naso dietro la sua orecchia penzolante.

– Mi dispiace, ma devi stare fuori di notte. E soprattutto, buona. È importante.

– Mmmh-mmmh.

Era un lamento flebile, ma sul mio cuore pesava una tonnellata.

– Lasciami pensare un secondo – dissi in tono incoraggiante. – Sai cosa ti dico? Ti vado a prendere un boccone, per vedere se ti aiuta a dormire. A volte, lo stomaco vuoto tiene sveglia anche me. Vediamo se funziona. Però devi promettermi di mangiare in fretta, per non attirare qualche bestiaccia. Aspettami qui.

Rientrai e chiusi la porta nel modo meno rumoroso possibile.

– Mmmh.

– Sssh! – bisbigliai, abbastanza piano per non disturbare papà, ma abbastanza forte per calmare il cane. Entrambi rimasero tranquilli. Funzionava.

Per prima cosa, gattonai per la stanza in cerca dei miei calzettoni, che trovai sopra al letto, perché le dita dei miei piedi si stavano trasformando in ghiaccioli. Poi cercai a tentoni la ciotola del cane, andai in punta di piedi verso la dispensa e raccattai un'altra patata. A dire il vero, ero un po' preoccupata. Mi sembrava di andare contro la sua natura continuando a darle da mangiare verdure e affini.

Sempre in punta di piedi uscii in veranda e le misi davanti la ciotola: – Ecco qui.

Con aria molto signorile, prese con i denti la patata dal recipiente e cominciò a rosicchiarla. Sembrava che le verdure le andassero bene, tutto sommato.

– Dormi, adesso – le dissi stampandole un bacio sulla testa. Poi, in un lampo, scappai in casa, prima che si distraesse dal suo spuntino di mezzanotte o cominciasse a pensare di essere tutta sola al buio.

Mi rintanai sotto la mia montagna di coperte e mi scaldai abbastanza in fretta. Poco dopo ero già addormentata.

21

Shahrazad!

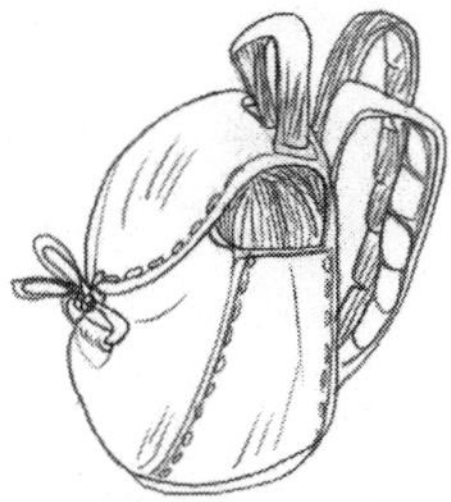

– Mmmh, Mmmh, Rrra.

Fu la prima cosa che sentii la mattina dopo, oltre a un naso freddo e umido che sfregava contro il mio. Dopo il naso, arrivò un muso che si infilò sotto la mia mano, seguito da una grossa testa liscia.

Sorrisi con tutta me stessa.

Mi sedetti sul letto e lasciai che i miei occhi ancora assonnati assorbissero la visione del cane nella luce del giorno.

– Mi è bastato aprire la porta di una fessura che è corsa dentro.

La voce di papà era burbera, ma i suoi occhi sorridevano. E aggiunse, intento ad affettare il bacon: – Sembra proprio che abbia capito alla perfezione dove trovare il cibo e il caldo.

– Sì, è molto intelligente.

– L'ho guardata bene mentre camminava – disse papà. – Mi dà l'impressione che metta più peso sulla zampa ferita, rispetto a prima, e tutta la gamba sembra di nuovo allineata con le altre, o quasi. Forse il tendine era solo infiammato e sta guarendo grazie al riposo. Vedremo i prossimi giorni –. Si girò di spalle e ricominciò ad affettare.

– Cosa può esserle successo, papà?

– Ho già visto qualcosa di simile, nei coyote. Capita.

Papà prese le fette di bacon e andò alla stufa, dove la padella si stava già scaldando. Vedendolo avvicinarsi, il cane riattaccò con il suo ringhio basso e continuo come un ronzio. Papà le lanciò un'occhiata accigliata e appoggiò le fette di bacon una accanto all'altra nella padella.

Io la guardai e scrollai il capo. Poi, fingendo che lei non avesse detto niente, parlai a voce più alta del solito: – Va bene, papà. Ma come ha fatto a infiammarsi il tendine?

A volte mamma diceva che ottenere risposte da papà era come cavare sangue da una rapa.

– Un tronco. O una pietra. Forse.

Schiacciava le fette di bacon con una forchetta sulla

superficie della padella. La carne sfrigolava e produceva sugo.

– Sì, ma *come*? Che cosa le è successo?

Altre volte mamma diceva che ottenere risposte da papà era come cavare acqua da una pietra.

– Be', sai, Dessa Dean... –. Sembrava caduto dalle nuvole, come se avesse capito solo in quel preciso istante il vero senso della mia domanda. – Può essere stata qualsiasi sciocchezza. Un animale che ne insegue un altro, o viene inseguito, corre più in fretta che può e magari gli capita di mettere male una zampa quando salta un tronco o si arrampica su una roccia.

– Vuoi dire che ha preso una storta?

Altre volte ancora mamma gli diceva: «John, sei più avaro tu con le parole di un povero con gli ultimi spiccioli rimasti».

– Se ha appoggiato male una zampa e ha colpito la roccia o il legno con la caviglia – riprese papà – la botta si trasmette al tendine, che si infiamma e per un certo periodo resta debole.

– Ed è stato questo a storcerle la zampa?

– Se l'animale non resta fermo e non riposa, cosa che non fa di certo una bestia selvatica che deve procurarsi da sola il cibo, il trauma si ripercuote su tutta la gamba.

– Secondo te al cane è accaduto questo?

– Secondo me, sì.

La conversazione terminò lì. Papà aveva esaurito le parole. Finimmo la colazione e gli unici suoni che si sentivano erano quelli della masticazione e il solito ringhio del cane. Quando papà si alzò anche il cane lo fece e rizzò i peli sul dorso. Papà scosse il capo e le rivolse un'occhiata disgustata.

– Oggi devo per forza prendere almeno un procione o un topo muschiato, o qualsiasi altra cosa commestibile, altrimenti rischiamo di ritrovarci con un cane affamato per casa. Ormai con la carne di cervo siamo arrivati all'osso e la corrente del fiume non è ancora abbastanza forte per sciogliere il ghiaccio e poter pescare.

Papà uscì dimenticandosi completamente di lasciare la porta aperta per il cane. Ebbi appena il tempo di vederlo incespicare verso il magazzino per tagliare la nostra porzione quotidiana di carne, che già il cane aveva fatto un guaito e, in preda al panico, si era precipitata sulla porta chiusa. Si sollevò sulle zampe posteriori, grattando il legno con le unghie, poi si abbassò: camminava avanti e indietro, scavava, guaiva, abbaiava, come aveva fatto il giorno prima.

Shahrazad!

Guardai fuori dalla finestra e mi accorsi che papà era già di ritorno e sbirciava dentro casa. Allora diedi una spinta al cane per toglierla dal suo campo visivo: non volevo che si accorgesse che si stava ferendo il naso o una zampa, o qualsiasi altra parte del corpo. Aprii la porta di una fessura e il cane mi rimproverò con un «Uof» seguito da un piccolo ringhio, come per dire che ormai avrei dovuto saperlo.

– Scusami.

E la questione finì lì.

Papà portò in casa la carne senza dire una parola. Un silenzio glaciale che mantenne quando tornò con tre bracciate di legna che accatastò, pezzo per pezzo, accanto alla stufa. Poi lanciò una lunga occhiata truce sul cane. A quel punto ebbi la certezza che aveva sentito tutto il baccano. Ma un attimo prima di partire per controllare le sue trappole, si ammorbidì. I suoi occhi mi sorrisero, si guardò intorno e fece un piccolo cenno di assenso.

– Che brava, Dessa Dean. È tutto decorato. Sembra proprio Natale –. E uscì, lasciando la porta socchiusa.

Mi girai e sorrisi al cane. Lei batté la coda sul pavimento.

– Guarda qui, bimba –. Andai al calendario dell'Avvento. – Oggi è il ventiduesimo giorno del mese di dicembre. Il secondo dal tuo ritorno –. Presi il cammello di velluto a coste marrone dalla tasca ricamata con il numero ventidue e lo mostrai al cane, che premette il naso umido sul tessuto e lo ispezionò con l'olfatto. Poi mi guardò con la faccia inclinata, come se volesse chiedermi perché avevo sprecato il suo tempo con qualcosa che non sapeva neanche lontanamente di cibo.

– È un animale del deserto – le spiegai. – Puoi anche cavalcarlo, se non ci sono cavalli nelle vicinanze. Ha un aspetto strano, con le gobbe sulla schiena. Questo ha una sola gobba, ma ci sono anche quelli che ne hanno due. Nel deserto ci sono animali un po' diversi da quelli a cui siamo abituati qui. Non ci sono orsi, né oche selvatiche, né scoiattoli. Ci sono cammelli e creature magiche chiamate "jinn".

– Rrra – rispose, come se ne avesse già sentito parlare, cosa di cui peraltro dubitai.

– Il jinn è una creatura che può trasformarsi in fumo e vive dentro una lampada di ottone grande così –. Feci il gesto con la mano. – Ha anche enormi poteri magici e non gli piace molto la gente normale. Gran brutta combinazione.

Attaccai il cammello di velluto, dietro al precedente così che una piccola carovana iniziò a formarsi sul calendario di feltro rosso.

– Vieni qui, voglio farti vedere una cosa –. Andai alla libreria e mi ci sedetti davanti, a gambe incrociate, e il cane si sedette accanto a me, con le zampe normali come le tengono i cani.

– Questo era il nascondiglio segreto mio e di mamma. Voglio fartelo vedere.

Dallo scaffale più basso, sfilai un dizionario grigio tutto sbrindellato che si rovesciò a terra con un tonfo. Mi sporsi a guardare nello spazio scuro rimasto vuoto e allungai una mano. Un sorriso si formò sulle mie labbra quando toccai il cuoio liscio di un libro messo di faccia, appoggiato alla parete di fondo della libreria.

– Questo è un libro speciale, cane, pieno di storie del deserto. E tutte, tutte le storie intendo, sono raccontate da una bella signora di nome Shahrazad. E sai perché si è presa la briga di farlo? Per tenere occupato il sultano, altrimenti lui le avrebbe fatto tagliare la testa. Ti immagini? Alcune storie sono perfino esagerate. Giuro, roba da far venire la pelle d'oca, soprattutto a leggerle quando è già calato il sole. Quelle con i jinn mi facevano sempre un po' paura e allora la mamma, per essere sicura che non mi venissero gli incubi, nascondeva il libro qui, dopo averlo letto insieme, dietro al vecchio vocabolario. «Lontano dagli occhi, lontano dal cuore» ripeteva. E funzionava sempre. Mai avuto un incubo con un jinn, se il libro tornava al suo posto in fondo alla libreria. Che ne dici, cane?

Batté la coda per terra.

– E sai un'altra cosa? Se ero giù di morale o avevo la febbre, non c'era libro al mondo che potesse distogliermi dai miei problemi come…

Tirai fuori il libretto grassottello e lo mostrai al cane, perché potesse ammirare la copertina con le sue fantastiche scritte in oro.

– Come *Le mille e una notte*!

– Rrra!

Ruotai su me stessa, da seduta e con le gambe sempre incrociate, e mi appoggiai di nuovo con la schiena alla libreria. Battei una mano a terra, di fianco a me, e il cane si sdraiò e appoggiò il mento sulle mie gambe. Le prime pagine del libro le saltai direttamente, perché c'erano scritte tutte le cose che avevo già detto al cane sull'astuta Shahrazad.

– La prima storia si intitola *Il pescatore e il jinn* – le dissi. – Non spaventarti cane, ci sono io qui con te.

Sospirò e chiuse gli occhi e io iniziai a leggere forte.

A essere sincera, non ho idea di cosa abbia sentito

davvero, perché dopo poco iniziò a russare alla grande, ma io continuai, perché era passato troppo tempo dall'ultima volta che avevo letto quel libro con la mamma. Il libro tra le mani e il suono delle parole nell'aria: le due cose insieme mi facevano sentire felice e triste al tempo stesso. Non riuscii a smettere finché non ebbi terminato la storia.

Letta l'ultima parola, strinsi forte il libro al petto e mi resi conto che le mie guance erano bagnate di lacrime, perché mi mancava la mamma. Le lacrime gocciolavano dalla mia mascella sulla testa del cane e avevano formato una specie di chiazza umida.

Mi asciugai le guance con il dorso della mano e strofinai la macchia bagnata e scura sulla testa del cane finché non si asciugò e tornò al colore abituale. E mi concentrai sulla piccola oasi di pace costituita da quella creatura appisolata sulla mia gamba. Poi spinsi i miei pensieri in un'altra direzione.

Shahrazad era ancora nella mia mente. Così pensai al suo coraggio. Sapeva che il sultano faceva tagliare la testa ogni giorno a una nuova ragazza, per la rabbia che provava nei confronti della sua prima moglie, eppure Shahrazad si offrì volontaria per sposarlo. E poi lo tenne così impegnato ad ascoltare storie, per mille e una notte, che lui si innamorò pazzamente e lei a quel punto poté fermarsi. Già, questa Miss Shahrazad era proprio tanto intelligente.

– Shahrazad… –. Sussurrai il nome, per non svegliare il cane. Aveva un suono bellissimo.

– Shahrazad –. La guardai. Le sue orecchie ebbero un sussulto. E se fosse? – Shahrazad.

Capii che il cane non aveva dimestichezza con sultani e jinn e deserti più di quanto ne avesse con i capi indiani. Non avevo avuto successo con vari nomi da cane, Fiocco, Striscia e Zampa. Avevo fallito in pieno con Hiawatha (che pure mi sembrava s'accordasse alle sue peripezie) e non mi era andata bene nemmeno con una parola che mi ricordava il suo comportamento, come Ruspa. Magari avrebbe funzionato con un nome dal suono bello.

– Shahrazad – sussurrai. Le sollevai l'orecchio e lo sussurrai ancora una volta: – Shahrazad.

Ma anche questa volta il cane si limitò ad alzare una delle zampe posteriori, poi riabbassò l'orecchio, fece un lungo sospiro e si rimise a russare. Malgrado tutto non mi lasciai scoraggiare. Questa volta ero sicura di averci azzeccato.

22

Parole pesanti

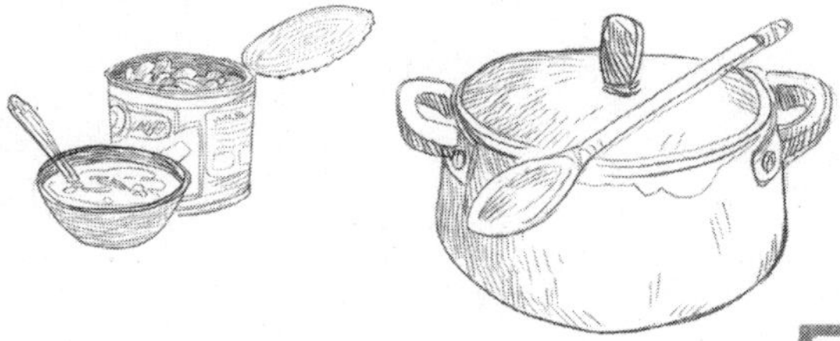

Quando il cane si svegliò, si stiracchiò pigramente davanti e dietro e chiese con molto garbo di uscire. Acconsentii e la vidi trottare dietro la casa. Avevo già in mente di riempire la stufa perché, malgrado fosse una giornata di sole, faceva un po' freddo con la porta lasciata socchiusa.

– Rrra –. Il cane mi chiamò da fuori.

Finii con la legna, mi misi il berretto di lana ruvida e il giaccone, e uscii in veranda.

– Rrra.

Voleva giocare. Aveva abbassato la parte anteriore del corpo e teneva il sedere alzato. Scodinzolava a mille.

– Te l'ho detto, Shahrazad. Non posso uscire dalla veranda. Proprio non ce la faccio. Mi spiace.

Niente, non c'era via d'uscita. Ancora una volta me ne stavo lì e mi sentivo malissimo per la mia situazione. Senza uscita.

Il cane si sedette e inclinò la testa.

– Rrru – disse in tono speranzoso, a muso alto.

Io invece, a testa bassa, mi sedetti sulle tavole di legno gelate e rimasi immobile per un minuto, con il cucuzzolo della testa che si scaldava leggermente sotto i raggi del sole invernale, con la fronte e le guance intirizzite per il vento. Un corvo gracchiava tra i ginepri. E dai rami pallidi e spogli di una giovane quercia arrivava il suono del gocciolio dei ghiaccioli che si stavano sciogliendo, e mi fece venire la pelle d'oca. Il mondo intorno a me continuava a girare e io morivo dalla voglia di buttarmici dentro senza paura, di gridare di gioia perché ne facevo parte, anziché gridare per colpa di un incubo-di-giorno. Ecco, mi sentivo una sottile lastra di ghiaccio sul Willow Creek su cui stesse passando un daino. Un secondo in più, un solo secondo e non sarei stata più in grado di sopportare la pressione, e il fragile ghiaccio in cui mi ero trasformata si sarebbe crepato e frantumato in un milione di miliardi di pezzi.

Qualcosa mi cadde sulle gambe. Era una pigna, portata da Shahrazad. Mi sorrideva e scodinzolava.

– Rrra!

– Cosa?

– Rrra.

Sembrava un tantino impaziente.

– Non capisco cosa vuoi. È una pigna.

Con delicatezza, come aveva fatto la notte prima con la patata, prese la pigna tra i denti e la fece cadere di nuovo, questa volta proprio davanti a me.

– Rrra.

Il cane abbassò la parte anteriore del corpo, sollevò quella dietro e scodinzolò con tale intensità che la coda sibilò nell'aria.

Capivo che cercava di insegnarmi un nuovo gioco e mi sentivo in imbarazzo perché non sapevo cosa dovessi fare.

La guardai, mi strinsi nelle spalle e feci segno di no con la testa.

Il cane, ancora una volta, raccolse delicatamente la pigna con la bocca e me la fece cadere in grembo.

– Rrra! – disse con un saltello all'indietro.

– Ah! –. E finalmente capii. – Tutto chiaro.

Raccolsi la pigna, presi la massima rincorsa con il braccio e la lanciai lontano, nella neve fresca. Il cane scattò. Con un salto piombò sulla sua preda, l'inconsapevole pigna, e lottò finché non ebbe la meglio. Me la riportò e la lasciò cadere di nuovo in grembo.

– Rrra!

Risi forte, ero felice.

– Rrra!

Presi la spinta con il braccio e tirai ancora la pigna, lontano, più lontano possibile.

Me la riportò e lo feci di nuovo. E ancora.

E ancora.

Quando il mio braccio arrivò allo stremo le dissi: – Su, Shahrazad, rientriamo adesso. Sto gelando e non posso più muovere un muscolo.

Mi guardò da lontano, in mezzo alla neve.

– Shahrazad.

Il cane si girò, ignorandomi beatamente, e trotterellò dietro alla casa.

Sentii un piccolo dubbio insinuarsi nel mio cuore. – Ma è un nome così bello! – le gridai.

Appoggiai la pigna accanto alla soglia ed entrai, lasciando la porta socchiusa per-chi-sapete-voi. Poi rifornii la stufa di altra legna e mi scaldai ben bene.

Pochi minuti dopo arrivò anche lei, scodinzolando

come se niente fosse, con il muso coperto della neve che aveva annusato.

– Shaharazad – le dissi.

Non mi degnò di un'occhiata, andò direttamente alla stufa, iniziò il solito rito di scavare il pavimento, per poi accasciarsi, esausta, e schiacciare un pisolino.

Per un po' rimasi seduta, chiamandola ogni tanto: – Shahrazad –, per farle capire che quello era il suo nome. A essere sinceri non ottenni un suono, né un occhio aperto e nemmeno il contrarsi di un orecchio come risposta. Era scoraggiante.

Mi accorsi quanto tempo avevo perso a cercare di farla reagire a quel nome dal fatto che la luce era diminuita. Era ora di cena.

Quando papà rientrò, tutto andò secondo il copione della sera prima. Con la differenza che i latrati e le ringhiate del cane, e il fatto di non potersi togliere il giaccone per via del freddo, lo facevano apparire ancora più irritato del giorno precedente.

Nemmeno con le trappole gli era andata bene, in compenso aveva sparato a due scoiattoli ossuti che avrei potuto cucinare l'indomani. Non che amassimo particolarmente la carne di scoiattolo, benché con la pelle si potessero ricavare delle piccole custodie per gingilli vari o per i semi dell'orto. Ma era questo che papà aveva portato a casa.

Preparai da mangiare per il cane in fretta e furia, così da calmarla per un po'. Mentre apparecchiavo per noi feci pure un tentativo di conversazione, nella speranza di distrarre papà dal pensiero delle trappole vuote e della filacciosa carne di scoiattolo.

– Non riesco ad azzeccare il nome del cane, sai papà?

– Mmmf – fu il massimo che ottenni da lui.

– Ne ho provati tanti, ma non gliene va bene nemmeno uno.

Papà si infilò in bocca un pezzo di rapa.

– Ho provato con Striscia e non risponde. Ho provato con Ruspa, nemmeno. Ho provato pure con Hiawatha.

– Hiawatha? Come ti è venuta questa idea?

Mi sentii incoraggiata per la dimostrazione di interesse da parte di papà.

– Per il fatto che ha viaggiato tanto. Come in una delle poesie che leggeva sempre mamma: *Verso Ovest, e oltre, viaggiò. Branchi di daini lasciò dietro di sé*... Non ricordo a memoria come continua. Vuoi che prenda il libro, papà?

– Non importa.

Mi infilai a mia volta in bocca una forchettata di rapa

e masticai lentamente per un minuto almeno, per dare a papà la possibilità di aggiungere qualche parola, se voleva.

Ma non sembrava dell'umore.

– Oggi credevo di aver trovato il nome perfetto per lei: Shahrazad.

– Mai sentito in vita mia.

– È in un libro che leggevamo insieme io e mamma. Su una principessa in un deserto lontano.

– Mmmf. Non credo che un cane nato e cresciuto da queste parti possa apprezzare un nome così. – Shard, Shraza... –. La sua lingua si aggrovigliava nei suoni fiabeschi e arabescati del deserto.

– Shahrazad – lo corressi. – Immagino che non le sia piaciuto. Ma li ho provati tutti.

– Quando troverai quello giusto te lo farà capire.

– Vuoi dire che mi dirà lei il suo vero nome? – squittii, eccitatissima alla sola idea. – E come? Come, papà? Cosa farà?

– Non so dirti esattamente come o cosa. Ma ti farà sapere quando indovini.

– E tu come lo sai? – lo punzecchiai. – Eh, papà?

– Che compiti hai fatto oggi?

Una frase così chiudeva qualsiasi discussione sul nome

del cane. Dovetti confessare che i progressi nei miei studi erano stati minimi quel giorno. Anzi, che non avevo nemmeno scritto il problema mancante con la tabellina del dodici.

Lo sguardo di papà era duro, come la sua faccia rimasta fuori al freddo per troppo tempo. Certo, i miei studi non erano l'unica cosa che gli faceva quell'effetto. Mamma mi aveva spiegato tante volte quanto fosse pesante per lui uscire tutti i giorni a cercare il cibo per noi e non era detto che la colpa di quello sguardo fosse tutta mia. Ma qualsiasi cosa provocasse la sua costernazione in quel momento, i suoi occhi non ammiccarono e le sue labbra rimasero contratte.

E io mi sentii piccolissima e a disagio.

– Dessa Dean – lo sentii dire con un tono simile al ringhio basso e prolungato del cane. – Quel cane sta mangiando tutte le nostre provviste, consuma la legna per la stufa che è una meraviglia, mi tiene sveglio la notte e oggi ti ha pure impedito di studiare, che è la tua prima responsabilità. Mi sembra che faccia più danni che cose positive.

Papà si protese verso di me e puntò i suoi occhi nei miei, così che non potevo distogliere lo sguardo, sebbene lo avessi voluto. Come volevo con tutte le mie forze che arrivasse mamma a dire qualcosa del tipo: «Dai, John, non trasformare un sassolino in una montagna».

Mentre papà mi inceneriva con lo sguardo, sentii che il cane aveva ripreso a ringhiare. Si stava avvicinando, e il ringhio si faceva man mano più forte. Si fermò vicino a me, in piedi. Le posai una mano sulla schiena: aveva rizzato il pelo. Voleva proteggermi, chiaro.

Allora presi la decisione. Guardai papà dritto negli occhi, e questa volta perché ero io a volerlo e non perché non potevo fare altro. E anche se era un tema di cui non avevo nessuna voglia di parlare (in assoluto quello di cui parlavo meno volentieri) obbligai me stessa a farlo, perché c'era un'altra cosa a cui tenevo di più, a cui tenevo a qualsiasi costo, e cioè il cane.

Qualunque fosse il suo nome.

Respirai a fondo e raddrizzai le spalle.

– Una cosa è certa – dissi. – Le orecchie non mi fanno più tanto male e non ho avuto un solo incubo, né di giorno né di notte, da quando siamo amiche, io e lei. Non mi pare poco. Almeno, non per me.

Le parole che avevo appena pronunciato mi facevano tremare tutta, ma non distolsi lo sguardo nemmeno dopo che l'ebbe fatto papà. Un attimo prima, però, vidi che i sui occhi si erano riempiti di qualcosa che mi obbligò a deglutire. Qualcosa che conoscevo bene, quel misto pungente e spiacevole di pensieri tristi e felici tutti insieme.

Tacqui. Papà fece un profondo sospiro, che uscì dal suo corpo come un sibilo. Notai che il cane aveva smesso di ringhiare. L'unico suono, oltre allo scoppiettio della legna, era quello lugubre del vento che faceva sbatacchiare le persiane.

Subito dopo sentii qualcosa che mi fece trattenere il respiro e mi mandò le guance in fiamme.

– Dessa Dean, devi perdonarmi.

Mi sentivo più scombussolata che dopo un incubo-di-giorno. Papà, con la sua voce burbera, aveva pronunciato una frase che non avevo mai sentito da lui e l'aveva fatto per me.

Le parole si affollarono nella mia mente, sgomitando per uscire e si riversarono alla rinfusa, stridule, nell'aria impregnata del calore della stufa.

– No, non dire così. Non dirlo mai più.

E allora papà saltò giù dalla sedia come se fosse stato colpito da una palla di fucile, venne da me e mi prese per le braccia.

Il cane fece un passo verso di noi e mostrò i denti a

papà, ma lui la ignorò e si inginocchiò davanti a me, così da stare alla mia stessa altezza.

Mi sembrò che il mio udito si fosse bloccato. Le parole di papà ronzavano nell'aria, ma non riuscivo a coglierle. Sapevo solo che mi stava stringendo fortissimo e questo mi faceva un male enorme nel più profondo del cuore. Ma mi sentivo anche ripulita, lavata di fresco, come le camicie che mamma strofinava sulle pietre del Willow Creek il giorno del bucato. Che era sempre il giovedì.

23

Condividere

Papà si comportò come se fosse un'altra persona per tutto il resto della notte e mi mise parecchio a disagio. Mandai fuori il cane appena papà ebbe decretato che era ora di dormire e mi infilai svelta sotto le coperte. Avevo fretta di far finire la giornata.

Ma il cane la pensava in modo diverso. Non erano passati che pochi minuti quando iniziò a piangere selvaggiamente. La sua voce si confondeva con gli ululati del vento, e tra l'una e gli altri in casa arrivava un bel baccano.

Papà non si fece scappare una sola parola, e nemmeno un sospiro, ma sapevo benissimo che c'erano poche possibilità che riuscisse a dormire.

Rimasi sdraiata e immobile per un po', sperando che il

cane si tranquillizzasse, ma i suoi gemiti aumentarono di intensità fino a sovrastare il vento. Così scesi dal letto, misi una carota nella ciotola e gliela portai fuori. La mangiò con delicatezza e io tornai a letto.

Non ero ancora riuscita a scaldarmi che il pianto ricominciò, prolungato, fino a trasformarsi in un ululato acuto.

Riuscivo solo a pensare a quella povera piccola fuori al freddo, con il vento che sollevava la neve, gridava e tirava pugni all'impazzata nella notte buia. Ce n'era abbastanza per fare venire i brividi a un orso grasso.

Un attimo dopo ero di nuovo nella veranda, con una delle mie coperte. Vidi il cane acciambellato al suo solito posto. Mi avvicinai e avvolsi tutto il suo corpo nella coperta, zampe comprese, e pure la testa. Rimasero fuori, al freddo, solo gli occhi e il naso.

– Adesso dormi, bimba – le dissi. – Non è la notte giusta per fare baccano, sul serio.

Tornai dentro in tutta fretta.

Funzionò. Dormii fino all'alba e, per quel che ne so, fu lo stesso per papà e il cane.

Quando riaprii gli occhi, la vidi accanto al mio letto, con il muso infilato sotto il mio braccio. Papà era già uscito. Una luce soffusa aveva iniziato a insinuarsi nella stanza, lentamente, come se volesse infilarsi in ogni angolo. Le stelle di Natale di mamma riflettevano il sole e magici disegni di luce danzavano sui muri.

Sorrisi e mi alzai, riempiendomi la vista con le immagini guizzanti sulla parete.

Il cane girò il muso, per seguire il mio sguardo e vide lampi sul muro. Inclinò la testa, stupita, e si avvicinò per osservare più da vicino.

Risi. Premeva il naso su tutti i ghirigori luminosi che riusciva a raggiungere, nel tentativo di capire cosa fossero. Annusava come una forsennata, ma non otteneva risposte ai suoi dubbi. Così si sollevò sulle zampe posteriori e si mise ad abbaiare a quelle più alte.

– È la luce delle stelle di Natale di mamma. Ti fanno sentire più felice solo a guardarle, vero piccola?

Tirai giù le mie coperte e andai subito al calendario dell'Avvento. Il cane lasciò perdere i riflessi sul muro e si avvicinò a me.

– Oggi è il 23 dicembre – le dissi. – Fanno tre giorni dal tuo ritorno.

Dalla tasca numero ventitré tirai fuori un angelo e le feci annusare la figurina di cotone imbottita.

– La mia mamma adesso è un angelo, sai?

Non so da dove mi venne fuori, ma il fatto è che doveva essermi rimasto impresso come aveva cercato di proteggermi la sera prima, e poi ero ancora mezza addormentata. Così mi sentivo sufficientemente rilassata per aprirle il mio cuore. Ma la mia voce era un sussurro. Perché, anche se volevo che il cane sapesse, preferivo non sentir pronunciare quelle parole troppo forte.

Attaccai l'angelo sul feltro rosso accanto alle sue sorelle delle tasche nove e quindici, in modo da formare un trio celeste, e guardai il cane dritto negli occhi.

– Vieni, piccola. Voglio farti vedere un'altra cosa.

Mi avvicinai all'angelo intagliato, con lei dietro. Con infinita dolcezza presi la statuetta con entrambe le mani e seguii la linea degli zigomi con un dito. La avvicinai al cane e gliela presentai.

– La mia mamma è così. Cioè, era. È l'immagine di lei più somigliante che possiedo. L'ha fatta papà –. E subito aggiunsi: – Una ragione in più per non ringhiargli contro.

Sembrava capire quanto prezioso e fragile fosse ciò che condividevo con lei. Perché quando le allungai la statuetta non la colpì con il naso, né la annusò dappertutto in cerca di odore di cibo, ma sfiorò appena il legno levigato, senza distogliere gli occhi dai miei.

Guardai di nuovo l'angelo.

– Non ero matta, prima che mia madre morisse – le dissi, come se parlassi a me stessa. Ma sapevo che il cane mi ascoltava e capiva le mie parole. – Non avevo mai avuto incubi-di-giorno prima che mamma si gelasse. Dopo che l'ho persa, le orecchie hanno cominciato a tormentarmi e non sono più potuta uscire di casa.

Ecco, glielo avevo detto. Ed ebbi anche il coraggio di guardarla di nuovo.

– Immagino che con la tua zampa ci sia sotto una storia simile. Forse la parte di te che non funziona bene c'entra qualcosa con il tuo odio per i luoghi chiusi. Io e le mie orecchie, invece, non tolleriamo più il mondo esterno.

Le sorrisi e mi asciugai le lacrime dagli occhi, così la sua immagine smise di apparirmi indistinta, e allungai una mano per accarezzarle la testona.

Il cane, però, ne aveva abbastanza dei pensieri tristi.

– Rrra – fece, e attraversò la stanza, diede un colpetto alla porta con il naso e uscì.

Mi abbassai un po' di più sul viso il berretto di lana e tirai fuori da sotto il letto il vaso da notte.

Per colazione, scaldai per il cane mezzo tegame di carne di scoiattolo, dopo aver tolto i pallini da caccia perché non si rompesse un dente, e la ripassai con pezzi di patate e rape. Appena l'aroma del cibo si diffuse, il cane fece di nuovo capolino dalla porta.

Si sedette sui miei piedi, muso all'aria.

– Rrru!

Sorrisi, avevo capito che faceva quel verso tutte le volte che era eccitata per qualcosa. Adesso era affamata e non fece complimenti quando le misi davanti la ciotola.

Per la mia, di colazione, puntai al solito pane con miele. Così, dopo essermi lavata mani e faccia, spalmai in abbondanza una fetta e la mandai giù con un bel bicchiere di acqua fredda. Poi, perché non sussistesse la *minima* possibilità di fare arrabbiare papà quella sera, mi misi a fare i compiti con l'idea di lavorare come un mulo.

Ma il cane di idea ne aveva un'altra. Voleva giocare, come mi spiegò dandomi dei colpetti sulla gamba con il naso.

La prima volta la ignorai.

E anche la seconda.

Allora mi colpì la gamba più forte, si mise seduta e fece un piccolo brontolio.

Sorrisi, ma restai ferma nei miei propositi.

– In questo momento non posso giocare. Devo fare

i compiti, o finiremo nei guai tutte e due quando torna papà.

Sembrò capire la situazione perché, senza dire un'altra parola, uscì.

Dopo due ore passate a concentrarmi a leggere e a scrivere un tema di storia, il mio cervello e la mia mano avevano diritto a un po' di riposo, così mi misi il giaccone e uscii a cercare il cane.

Guarda caso, non dovetti fare altro che sbirciare in veranda.

Era acciambellata al solito posto, che ormai le faceva da cuccia, e sgranocchiava una pigna. O meglio, un mucchio di pigne. Era circondata da pigne. Insomma, mentre io ero alle prese con l'imperatore Costantino e il Sacro Romano Impero, lei aveva passato il tempo a fare una raccolta.

Le sorrisi.

– Giochiamo?

– Rrra – rispose, stiracchiò alla grande prima il davanti, poi il dietro del corpo e scodinzolò.

Raccolsi una delle pigne e gliela tirai più lontano possibile, in direzione del canyon.

Partì al suo inseguimento. La osservai correre e mi resi

conto che ormai mi ero così abituata alla sua zampa storta da non farci quasi più caso. E anche lei si era abituata: riusciva a correre come una pazza, malgrado la lesione. Se non fosse stato per quella zampa non sarebbe mai arrivata da me.

E un altro pensiero mi provocò un fremito di sorpresa alla nuca. «Se non fosse stato per le mie orecchie, forse non sarei stata in casa quando è arrivata.»

24

Il maledetto topo

Il cane tornò di corsa, con la pigna in bocca e un sorrisone intorno alla pigna, scodinzolando.

Sorrisi anch'io. – Forza, bambina, portamela qui.

Ma qualcosa alla sua sinistra era entrato nel suo campo visivo, perché si immobilizzò e la pigna le cadde di bocca.

Si accovacciò a terra e iniziò ad avanzare pancia a terra, come la prima volta che era entrata in casa.

Strisciava sopra le neve ghiacciata, con la pigna ormai dimenticata alle spalle, per avvicinarsi lentamente a un ciuffo d'erba, ispida e ingiallita, che spuntava dalla neve.

– Dai, bambina, vieni qui – chiamai.

Ma le sue orecchie non ebbero nemmeno un piccolo fremito. Tutta la sua concentrazione era per qualcos'altro.

– Che cavolo succede?

Mi spinsi fino al limite della veranda, finché non ci fu il vuoto sotto alle punte dei miei stivali e aguzzai gli occhi sul bianco della neve, per distinguere dietro il ciuffo d'erba morta cosa fosse l'oggetto di tanto interesse.

Non vidi niente. Niente di niente. Glielo dissi.

– Quella è solo erba, cane. Non c'è niente a cui dare la caccia o da spiare. Solo erba. Torna a giocare con me.

Le tirai un'altra pigna che cadde proprio vicino alla zampa anteriore destra.

Si fermò e pensai di averla convinta.

Invece non le interessava né le mia voce né la pigna. Ma proprio niente. Si era fermata a poca distanza dal ciuffo d'erba, aveva raccolto il sedere sotto il corpo e si era di nuovo immobilizzata. Ma in quella posizione sarebbe stata pronta a scattare, anche se per ora si limitava a fissare quell'erba del cavolo.

Scossi il capo e urlai: – Va bene, restiamo ferme così, se è questo che vuoi.

Mi accovacciai sulle assi della veranda, con i gomiti appoggiati sulle ginocchia e il mento sulle mani.

Un'oca selvatica volò sopra di noi, in alto, molto in alto, nel cielo e lanciò un verso.

Il cane nemmeno la notò.

Poco dopo, il vento del tardo pomeriggio iniziò a fischiare tra le cime dei pini, facendo frusciare gli aghi come pantaloni di velluto a coste.

Ma nemmeno allora il cane alzò gli occhi. O le orecchie.

La chiamai di nuovo, e alla mia voce si unì il chiacchiericcio di uno scoiattolo. Poi quella bestiaccia sfacciata fece un salto e corse sulla neve proprio davanti al cane, per salire su un ramo basso di un pino. Fissava il cane con i suoi occhi neri e con voce bisbetica si vantava di non essere stato catturato.

Ma il cane non mosse un muscolo.

Nemmeno per sbaglio.

Era immobile come una statua. Tutta contratta, con le zampe posteriori raccolte sotto di sé.

Proprio mentre stavo per sgridarla, veloce come un lampo, il cane si mosse.

Da quella posizione raccolta, fece un salto. Le sue zampe di dietro si sollevarono appena dal suolo, la parte anteriore del corpo scattò in avanti e le zampe frontali atterrarono pesantemente sulla neve.

Fu questione di un decimo di secondo. E il cane guardò verso di me, sorridente. Teneva qualcosa in bocca. Si avvicinò. Scodinzolava, esultante. Vidi una piccola macchia umida sul suo mento. Sangue. Era ancora in grado di cacciare.

Il terrore si impadronì del mio stomaco, quando mi resi conto. Se poteva badare a se stessa, non avrebbe avuto bisogno di me. Se ne sarebbe potuta andare da un momento all'altro. E io sarei rimasta lì, prigioniera di quella veranda. Sola.

Rimasi immobile, raggelata, prigioniera di quel pensiero per un minuto eterno, guardando il cane che mi correva incontro.

Sembrava così fiera di sé, che la vergogna prese il posto del terrore nella mia pancia. Vergogna, per aver sperato nel profondo del mio cuore che il cane non potesse mai più essere autonoma, e per questo restasse a farmi compagnia. Vergogna, per la cosa orribile che avevo sperato.

Con un salto montò sulla veranda, con il muso sporco di sangue, e si fermò davanti a me. Abbassò la testa, allentò la presa della mascella e un piccolo topo morto cadde davanti alla punta del mio stivale destro.

Si mise seduta, sempre con un enorme sorriso stampato sul muso, il naso in alto e la coda che batteva sulle tavole di legno.

– Rrru!

– Bene – dissi. – Questa è una grande notizia, cane. Vuol dire che sei di nuovo in forma. Sana come un pesce. Quella zampa non ti darà più noia.

Mi calai sulla fronte il berretto di lana.

– Una bellissima notizia, sul serio.

Feci ogni sforzo per apparire felice, per sentirmi felice, perché la piccola era davvero orgogliosa ed eccitata per la sua prodezza.

Spostai il topo con un calcetto, mi chinai e abbracciai forte il cane.

– Hai fatto un gran buon lavoro, piccola. Sono fiera di te. Il topo è tuo, se vuoi mangiarlo, ma grazie per avermelo fatto vedere.

Raccolsi il corpicino grigio e flaccido e glielo porsi.

Ancora una volta lei inclinò il muso, ora macchiato di sangue.

– Rrru.

Una sola parola per dirmi come era eccitata per essere stata di nuovo parte del mondo e aver compiuto quell'impresa.

Continuai a guardarla mentre, con l'aria di una vera signora, prendeva il topo dalla mia mano e lo portava alla sua cuccia. Si sedette, con il trofeo tra i denti, e se lo mangiò.

25

Una sorpresa

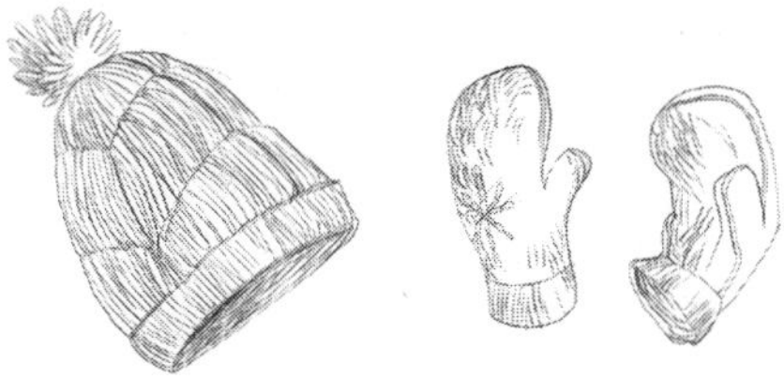

– Il cane è di nuovo in grado di cacciare, papà.

Era il mio quarto tentativo di avviare una conversazione, quella sera a cena. Apparentemente avevamo iniziato con il piede giusto. Il cane non aveva né ringhiato né abbaiato al rientro di papà, si era solo limitata a guardarlo accigliata, con le orecchie basse e tirate indietro. Ma papà non sembrava interessato all'argomento. Il nuovo hobby del cane, collezionare pigne, non gli parve degno di un commento. E nemmeno la conversione al cristianesimo dell'imperatore Costantino.

Ma il fatto che il cane potesse procurarsi da solo il cibo era il mio chiodo fisso, così ci riprovai.

– Ha preso un topo, oggi. Lo ha aspettato al varco. E quando quello è uscito dal suo buco gli è saltata addosso in un decimo di secondo. Incredibile.

– Mmmf.

Papà era di nuovo tornato a casa a mani vuote e capii che la cosa lo preoccupava molto.

– Temo che se ne vada, ora che può procurarsi il cibo da sola.

– Può darsi.

– Pensavo, papà, se c'è un modo per farle capire che spero tanto che non se ne vada. Che voglio con tutta me stessa che resti.

– Il cane farà quello che deve fare, Dessa Dean.

– Ma io volevo darle qualcosa di speciale per Natale.

– Per i cani tutti i giorni sono uguali.

– Sì, ma voglio che si senta parte della famiglia. Così mi piacerebbe farle un regalo di Natale. Pensavo a un bell'osso di daino. Potrei cospargerlo di grasso, lasciare che si assorba e si secchi e poi darglielo.

– Temo che ce ne staremo *tutti* a sgranocchiare ossa la sera di Natale, se non avrò un po' più di fortuna o se non farà abbastanza caldo da sciogliere il ghiaccio e permettere di pescare nel torrente.

Una sorpresa

Papà allontanò la sedia dal tavolo, si alzò e spense la lampada a cherosene.

– È ora di andare a dormire. Fa' uscire il cane.

Anche quella notte sarebbe stato importante che stesse zitta e buona e facesse vedere a papà com'era obbediente. Be', invece si mise subito a piangere.

Provai con una ciotola di ortaggi.

Continuò.

La avvolsi in una coperta.

Iniziò a ululare.

A momenti riuscivo a sentire gli ingranaggi del cervello di papà mentre sperava che il cane se ne andasse per la sua strada.

Non sapevo più che cosa fare.

Così mi infilai i calzettoni, calcai bene il berretto sulla testa, percorsi in punta di piedi i dodici passi che separavano il letto dalla sedia dove era appoggiato il mio giaccone, me lo misi addosso, tornai al letto dove si trovavano i pantaloni e infilai le mie gambe fredde nelle loro gambe fredde. Poi, tenendo tra le braccia le ultime tre coperte rimaste sul mio letto, andai alla porta.

La aprii di una fessura e guardai fuori. L'aria fredda mi morse il naso.

Il cane era in piedi, con il naso puntato verso di me.

– Ascolta. Dormirò qui, dietro la porta. Resterò tutta la notte e puoi dormire tranquilla. E adesso zitta e a nanna.

A quelle parole il cane si acciambellò, con il naso sotto la coda. Fece un lungo sospiro e non disse altro.

Chiusi la porta e mi acciambellai a mia volta sotto le coperte. Comunque mi sistemassi, rimasi a gelare per tutto il resto della notte. Riuscii a prendere sonno all'alba e poco dopo la voce di papà mi svegliò.

– Che diavolo ci fai lì, Dessa Dean?

Ero troppo stanca e infreddolita per riuscire a rispondere, mi limitai a raccattare tutte le coperte, a trascinarle di nuovo verso il mio letto, buttarcele sopra, infilarmici e riprendere a dormire.

Quando mi risvegliai era già giorno inoltrato. Erano poche le stelle di mamma che continuavano a riflettere lampi di luce. Ma anche quelle poche mi fecero sentire contenta. Stiracchiai le braccia e quando le rimisi sotto le coperte trovai una sorpresa.

Le mani incontrarono una cosa tiepida, bagnata e appiccicosa. Non capivo cosa fosse. Le tirai di nuovo fuori e guardai. Erano sporche di sangue. Lanciai un urlo che richiamò di corsa il cane dalla stufa. Mi fissai le mani insanguinate, buttai all'aria le coperte e saltai giù dal letto, cercando inutilmente di capire cosa fosse.

Il cane mi leccò un palmo, eliminando il sangue, poi andò ad annusare sotto una delle coperte. Si infilò con la testa tra le pieghe e quando ne uscì teneva un coniglio morto in bocca. Bello grande. E come aveva fatto con il topo il giorno prima lo depose gentilmente ai miei piedi.

Un sorriso si allargò sulla mia faccia.

– Sai che ti dico, cane? Hai salvato la cena di Natale.

26

Vigilia di Natale

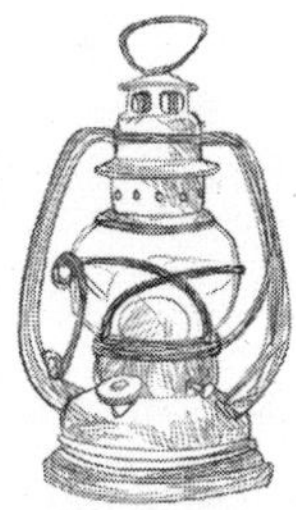

– Non è che magari ti chiami Diana, come la dea della caccia? – chiesi al cane, mentre mi lavavo le mani dopo aver scuoiato e pulito il coniglio. Continuò a masticare una delle orecchie che le avevo dato, senza alzare lo sguardo verso di me.

– Per quanto tempo ancora vuoi tenermi nascosto il tuo nome?

Nessuna risposta.

– Sai tutte le pigne che hai raccolto ieri? Mi è venuta un'idea per come usarle.

Era concentrata sull'orecchio del coniglio e mi ignorava. Uscii sulla veranda, presi le pigne e le sparpagliai sul tavolo. Andai a prendere la scatola dei ritagli di stoffa di mamma.

– Mi sembra di ricordare che qui c'è qualcosa di utile...

Tirai fuori un lungo nastro rosso scozzese e iniziai a tagliarlo a pezzetti più corti con le forbici di mamma. Annodai il centro di ogni pezzo di nastro alla punta di ogni pigna e poi unii le due estremità, in modo da ottenere un'asola. Appesi le pigne di Natale in tutta la casa, dallo schienale delle sedie fino al chiavistello, dalla maniglia della porta alla credenza. Mi guardai intorno per capire l'effetto.

Sembravano tanti piccoli regali di Natale. Regali arrivati dal bosco. Erano belli.

Sorrisi dentro di me e pensai che non ci sarebbero mai più state nuove stelle, ma che ora, con l'aiuto del cane, avevamo qualcos'altro di nuovo e bello per Natale.

– Grazie, cane – le dissi.

Non vedevo l'ora che tornasse papà per mostrargli le nuove decorazioni e la cena per la vigilia che il cane aveva procurato. Il tema di storia sull'imperatore Costantino era l'ultimo compito rimasto del programma settimanale, così potei passare la maggior parte della giornata a dare una pulita alla casa. Mamma ci teneva moltissimo che fosse in ordine per le feste. A me non era mai importato più di tanto, ma quest'anno era fondamentale. E in ogni caso, bisognava davvero pulire, perché con il cane che stava dentro e la porta aperta quasi tutto il tempo c'erano peli, impronte di zampe e fango un po' ovunque.

Papà, al rientro, mi colse di sorpresa, perché il cane non aveva abbaiato e io ero concentrata sul mio lavoro.

Si guardò intorno, notò la pulizia e le nuove decorazioni, e scosse il capo in modo un po' triste.

– Che brava, Dessa Dean. È tutto molto bello.

– Sì, ma è merito del cane. Ha raccolto lei le pigne. Io ho solo messo i nastri.

– Vorrei aver portato il mio contributo per la cena di Natale, ma non è così. Prenderò dal deposito qualche zampetto di daino e magari domani puoi prepararci una buona zuppa.

– Oh! –. Mi ero del tutto dimenticata del coniglio. – Chiudi gli occhi, papà.

– Cosa?

– Chiudi gli occhi per un minuto. Il cane ci ha fatto un regalo di Natale.

– Dessa Dean –. E la sua voce si fece spazientita e stanca. – Ho cose più importanti a cui pensare di una pigna portata da un cane.

– Per favore. È una cosa importante. Importante e bella.

– Mmmf.

Malgrado tutto chiuse gli occhi.

Zitta zitta, feci segno al cane perché si avvicinasse e insieme andammo a prendere la padella dove avevo messo il coniglio. Avevo triturato del ghiaccio e della neve e li avevo sistemati intorno alla carne, poi avevo coperto tutto con un asciugamano per non rovinare la sorpresa.

Tolsi l'asciugamano, afferrai la padella con entrambe le mani perché non si rovesciasse e percorsi solennemente gli otto passi che mi separavano da papà, che se ne stava in piedi con la schiena curva e gli occhi coperti da una delle sue mani rosse e screpolate. Il cane camminava al mio fianco.

– Va bene. Adesso puoi aprirli.

Obbedì. Guardò prima la mia faccia, poi la padella. Fece una specie di fischio con il naso, infine guardò il cane.

– Però! L'ha preso lei?

– Sì, è stata lei! Ci ha procurato la cena di Natale.

– Sei in gamba, cane – disse papà e senza esitare le fece una carezza. – Dessa Dean, dalle una porzione extra stasera. Una cacciatrice così deve mantenersi in forze.

Il cane era così sorpreso che non ringhiò e non abbassò nemmeno le orecchie. Permise a papà di lodarla e coccolarla.

Ma nemmeno questo bastò a farla stare buona in veranda all'ora della nanna.

Gemeva. Ululava, ringhiava e piangeva da fare pietà.

– Papà? –. La mia voce era un sussurro, anche se sapevo che non era addormentato.

Brontolò qualcosa di incomprensibile.

– Papà, non è che solo per stanotte il cane può dormire in casa con la porta un po' aperta?

– Prende una brutta abitudine, così.

– Ma domani è Natale. E ci ha procurato la cena. Avremmo dovuto preparare una cena di ossa bollite se non fosse stato per lei.

Alla fine, dal letto di papà provenne un lungo e pesante sospiro.

– Portami il martello e qualche chiodo. Appenderò una coperta per vedere di tener fuori l'aria fredda.

Il cane era felicissimo di entrare. Puntò direttamente alla stufa, girò in tondo tre volte e si mise a cuccia. Ma dopo che papà ebbe appeso la coperta, nascondendo così la fessura aperta, iniziò ad agitarsi e a piangere. Andò alla porta, si sdraiò davanti alla coperta e infilò sotto il naso, per sentire l'odore dell'aria aperta. E restò lì tutta la notte.

Il cane si era sistemato da un pezzo e papà aveva iniziato a russare, mentre io ero ancora sveglia ad aspettare. Aspettare che fosse passata con certezza la mezzanotte e che fosse ufficialmente Natale. Ogni anno, con mamma, aspettavamo questo momento insieme. Anche quando ero piccola. E se mi capitava di addormentarmi, mamma veniva a svegliarmi, quando era certa che fosse appena passata la mezzanotte.

Ci alzavamo e andavamo alla chetichella al calendario dell'Avvento, mamma mi aiutava a tirare fuori Gesù Bambino dalla tasca numero ventiquattro e ad attaccarlo con l'automatico nella mangiatoia. Era il suo compleanno, dopotutto.

E anche stavolta, quando ero sicura che mezzanotte fosse già passata, scivolai fuori dal letto, mi avvicinai in punta di piedi al calendario (diciassette piccoli passi) e, aiutata dalla luce delle braci della stufa, misi Gesù al suo posto nella scena.

27

Il servizio buono

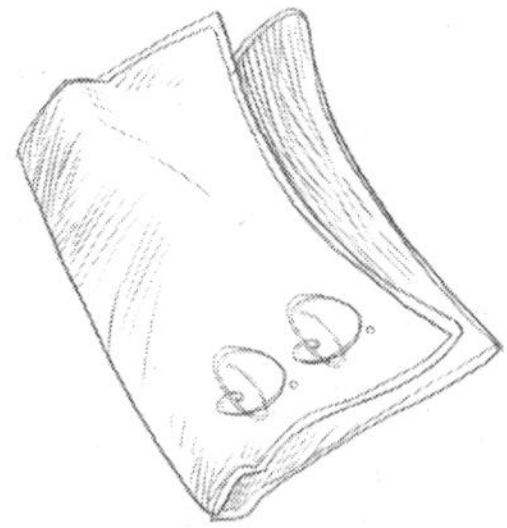

– Buon Natale, Dessa Dean.

Il dorso delle mani di papà, screpolate e gelate dall'aria invernale, sfiorarono le mie guance con una ruvida carezza. In casa faceva ancora buio, ma era chiaro come il sole che papà voleva essere dolce.

– Buon Natale, papà – risposi, e mi sedetti sul letto.

Sentii il cane che si muoveva vicino alla porta e le unghie sfregarono sul pavimento quando si stirò, come sempre, in due fasi. La sentii scrollarsi, come se volesse pettinarsi la pelliccia prima di affrontare la giornata. Poi venne da me e mi leccò una mano.

– Buon Natale anche a te, cane – dissi.

– Dessa Dean, oggi devo fare tante cose. Sposterò le

trappole, per vedere se avrò più fortuna, quindi rientrerò che sarà già buio. Non aspettarmi prima.

– Va bene.

– C'è aria da neve. Ho portato dentro altra legna, ma non tenere aperta quella porta più di quanto sia necessario.

– Sì.

Papà sembrava in vena di chiacchiere. Forse era il giorno di festa a renderlo tanto loquace.

– Dessa Dean, tua madre avrebbe voluto vederci festeggiare il Natale come tutti gli anni. Per questo per la cena di stasera useremo il servizio buono.

Deglutii nel buio.

Il servizio buono dei piatti era sul piano alto della credenza.

Ed era pesante. Decisamente.

Mamma non mi aveva mai permesso di tirarlo giù da sola. Era appartenuto a sua madre e, prima ancora, alla madre di sua madre e se aveva resistito tutti quegli anni senza scheggiarsi o rompersi dipendeva dal fatto che solo donne adulte lo avevano maneggiato.

– Adesso sei abbastanza grande. Te la caverai – disse papà. – Basta fare attenzione.

Mi doveva aver letto nel pensiero.

– Va bene –. Le mie parole uscirono in un bisbiglio e si dispersero nell'aria, non ero nemmeno sicura di averle pronunciate.

Papà si alzò e si trascinò pesantemente fino alla porta. Prese le trappole, che sbatacchiarono l'una contro l'altra con un rumore metallico, e se le caricò in spalla.

Aprì la porta e il freddo fece irruzione nella stanza.

Papà uscì, ma prima si girò a guardarmi. La sua voce grondava buon umore.

– Ho portato in casa un osso per il cane. L'ho lasciato sul ripiano con il tagliere.

– Grazie! Grazie, papa! È il regalo più bello che le potevi fare. Sarà felicissima.

– Mmmf. Tu studia la tabellina del dodici – rispose. E se ne andò.

Sgusciai fuori dal letto, mi vestii in un lampo e pensai alla colazione per me e per il cane. Avevo fretta di farla uscire, per preparare in segreto i regali di Natale.

Ma il cane aveva altri programmi. Pretese di fare una colazione tranquilla. Anzi, due colazioni tranquille, per poi mettersi a scavare il pavimento e andare a cuccia vicino alla stufa. Più volte mi avvicinai come se niente fosse alla porta e pronunciai frasi invitanti, come: – Che bel sole, là fuori. E mi pare di aver visto un topo che aspetta solo di essere catturato –. Oppure: – Stamattina la neve è perfetta per saltarci dentro, non trovi? –. O ancora: – Ti conviene uscire adesso che non nevica. Papà dice che lo farà più tardi, non vorrai ritrovarti sul più bello in una bufera, no? –. Inutile. Mi ignorava.

Era evidente che il cane aveva altri programmi. Non potevo obbligarla a spostarsi, così cominciai con il regalo di papà, il dolce al cioccolato. Lui almeno aveva collaborato, uscendo al momento opportuno.

Avvicinai lo scaleo alla credenza, per raggiungere lo scaffale dove mamma teneva gli ingredienti per le torte. Cercai a tentoni dietro la farina e il sale, dietro i piccoli mazzetti di erbe essiccate.

Tirai fuori un intero sacchetto di zucchero, la pesante bottiglia dello sciroppo di mais, sette noci e la cosa più preziosa: due spesse barrette di cioccolato che mamma aveva convinto papà a comprare, l'estate scorsa.

Sapevo che per papà il passaggio dalle calde e secche giornate estive al freddo invernale era un tempo sufficiente per fargli dimenticare l'acquisto. E per come si erano messe le cose in seguito, aveva avuto ben altro per la testa. Ero sicura al cento per cento che il suo regalo sarebbe stata una sorpresa. Di più: al duecento per cento.

Obbligai il cane a spostarsi un po' dalla stufa, per mettere nuova legna, un grosso ciocco di pino. Presi le noci, le portai fuori in veranda e le schiacciai con il martello di papà. Tirai fuori i gherigli dai gusci e spazzai via questi ultimi, coprendoli poi con la neve. Non volevo lasciare tracce che mettessero papà sulla buona strada o lo incuriosissero, casomai fosse rientrato a casa prima.

Misi a bollire lo sciroppo e lo zucchero nel tegame più spesso e pesante che aveva mamma, così lo zucchero non si sarebbe bruciato (me lo aveva insegnato lei). Mescolai con un lungo mestolo di legno, lentamente ma con vigore, in modo che lo zucchero si amalgamasse bene con lo sciroppo. Era così faticoso che pensai che mi sarebbe caduto il braccio.

Quando tutto lo zucchero si fu sciolto alla perfezione, feci a pezzetti il cioccolato e lo versai nel tegame. Ma uno no, me lo infilai in bocca. Senza masticare, lasciai che si fondesse lentamente sulla mia lingua.

L'operazione richiedeva che continuassi a mescolare. Provai con il braccio sinistro, per far riposare l'altro, ma lo muovevo in modo goffo e scoordinato e non fu di grande utilità.

Alla fine gli ingredienti furono amalgamati e tutto aveva preso il colore del cioccolato. Aggiunsi le noci spezzettate e mescolai ancora. Versai il composto in una teglia per il pane, lo coprii con un asciugamano pulito perché non entrasse polvere o gli animali non lo annusassero e lo appoggiai sul pavimento della veranda a raffreddarsi. Proprio sull'asse con la testa di lupo.

Feci quindici passi per tornare dentro fino alla stufa e al cane.

Il cane dormiva.

A braccia conserte, iniziai a battere la punta di un piede a terra.

Il cane continuava a dormire.

– Ho appena finito il regalo di papà – le dissi. – Ora devo mettermi al lavoro con il tuo. Oggi è Natale, sai, cane?

Increspò le sopracciglia e le zampone presero ad agitarsi. Di sicuro inseguiva un coniglio.

Così, passai a fare la terza cosa in programma, cioè apparecchiare. Trascinai di nuovo lo scaleo contro la credenza e montai su fino allo scalino più alto. Aprii lo sportello e guardai in alto, verso i due scaffali dove si trovava il servizio buono di mamma, in condizioni perfette.

Mi girai a guardare il cane e rimasi a fissarlo per un

minuto buono, nella speranza che si svegliasse e volesse uscire. Tuttavia non aveva catturato il coniglio: le grosse zampe si muovevano ancora e sapevo che non avrebbe rinunciato facilmente.

Salii con le ginocchia sul piano di lavoro della credenza, mi stabilizzai e mi alzai completamente in piedi. Era molto in alto. Mi sentii a disagio, un po' come se fossi in equilibrio sulle punte dei piedi. Chissà se papà si era mai sentito così, lui che era tanto alto.

I vari pezzi del servizio di ceramica erano stati riposti molto in fondo, per evitare che potessero cadere. Con una mano raggiunsi lo scaffale più in alto. C'erano i piatti, dovevo prenderne due.

Sulla pila dei piatti c'era la salsiera. «Forse» pensai «dovrei fare un bello stufato con dentro i pezzi di patata, anziché il purè. Non ci sarebbe bisogno di usare la salsiera. E anziché i piatti piani, potrei usare le ciotole, che stanno sullo scaffale in basso».

Mi sembrava una gran buona idea, quando la mia solita testardaggine si fece sentire senza nemmeno bisogno di richiamarla. «Dessa Dean, mamma vorrebbe che preparassi la migliore cena possibile per papà, quest'anno soprattutto. Lascia perdere lo stufato.»

Sapevo che era così.

Espirai a fondo, tanto che l'aria mi sollevò i capelli della frangia e, tenendomi con una mano al bordo dello scaffale, a tastoni mi rimisi a cercare la salsiera. Le mie dita incontrarono un delicato manico circolare. Lo strinsi con una tale forza che non si ruppe per puro miracolo. Lo tirai fuori, mi abbassai di nuovo e lo appoggiai sul ripiano, il più lontano possibile dal bordo. Con molta attenzione appoggiai i piedi sullo scaleo e presi in mano la salsiera solo quando mi sentii perfettamente stabile a terra. La portai verso il tavolo reggendola con entrambe le mani e, sempre a due mani, la appoggiai al centro, dove sarebbe stata al sicuro. Feci un passo indietro, mi asciugai i palmi sui pantaloni e mi riempii gli occhi con la vista della bellezza di quell'oggetto in porcellana.

Come tutto il servizio, la salsiera era bianca con disegnate sopra delicate roselline. I profili erano dorati: una linea sottile e netta di oro autentico. Era bella. Mi fece pensare a mamma e il mio cuore iniziò a fare male.

Mi obbligai a finire il lavoro e tornai allo scaleo.

Prendere i piatti piani fu un'impresa da nodo allo stomaco, perché erano davvero grandi e per tirarli giù mi servivano entrambe le mani. Con un piede continuavo a cercare il bordo del bancone della credenza, tanto era il terrore di fare un passo indietro di troppo e cadere di schiena, il che avrebbe significato non solo la mia fine, *ma anche* quella dei piatti.

Mi sentii più che sollevata quando alla fine li appoggiai ai nostri posti a tavola, anche in questo caso ben lontani dal bordo.

La parte peggiore era finita. E sebbene il grande piatto di portata per la carne fosse pesantissimo (tirarlo giù dalla credenza mi fece tremare le braccia per lo sforzo) almeno stava sullo scaffale mediano e non c'era paragone rispetto a prendere i piatti da quello in alto. Dopodiché portai sul tavolo due bicchieri di cristallo, con incisi raffinati disegni floreali, e due candelabri di cristallo accompagnati nei quali infilai due candele di cera che aveva fatto mamma in persona. Per ultimo venne il piattino da dessert dove volevo mettere il dolce di papà.

La tavola apparecchiata era bellissima. Sì, era proprio Natale.

Mi sentivo orgogliosa di non aver rotto, scheggiato o ammaccato niente. Mamma sarebbe stata molto contenta di me. Ma sapevo anche che se ci avessi pensato troppo mi sarebbe venuta la malinconia, e non volevo. No, proprio no. Ordinai ai miei occhi di guardare il cane. Era davvero ora che si svegliasse e facesse qualcosa di costruttivo.

– Cane, è davvero ora di svegliarsi e fare qualcosa di costruttivo – le ripetei. – Non riuscirò mai a preparare il tuo regalo in tempo se te ne stai a poltrire tutto il giorno davanti alla stufa. Sveglia!

E lei si svegliò.

– Ou-ouuuh!

E uscì trotterellando.

28

Il dolce, l'osso e il coniglio

«Era ora» pensai e mi misi a scaldare un po' di grasso del bacon nella padella grande. Ne versai una tazza, ovvero due decilitri (che è un altro modo per dirlo) e guardai il grasso fondersi e cambiare colore e consistenza: da bianco solido a grigio colloso. A quel punto, misi nella padella l'osso di daino e lo ripassai nel grasso. C'era ancora un po' di carne attaccata all'osso che avrebbe costituito un extra speciale per il cane. Una volta che l'osso si fu scaldato e impregnato ben bene del grasso del bacon lo trasferii in una teglia per il pane e lo misi nel forno, dopo aver aggiunto legna in modo da portare il calore alla temperatura di cottura. Quando l'osso fosse stato arrostito per benino, avrei ricominciato tutto il procedimento: passato nel grasso due volte, avrebbe fatto la gioia del cane.

Mentre aspettavo che l'osso fosse pronto, feci sedici passi fino all'asse con la testa di lupo della veranda, per controllare il dolce di papà. Si era solidificato in modo perfetto, così lo portai in casa e lo posai sul piano di lavoro. Presi il coltello più lungo dall'armadietto dell'argenteria di mamma e iniziai a tagliare al centro per ottenere due metà. Poi la metà della metà, e i pezzi diventarono quattro. Quarti, appunto. Divisi di nuovo a metà ogni quarto e lo trasformai in ottavo. Poi girai la teglia e mi misi a tagliare in orizzontale. Siccome il lato della teglia adesso era quello più corto, riuscii a praticare non più di cinque tagli, perché non venissero dei pezzi troppo piccoli e miseri. Perciò alla fine vennero fuori esattamente quarantotto pezzi, o quattro dozzine o sei volte otto, e mi venne in mente che non avevo ancora scritto il problema con dodici per dodici, per chiudere con quella tabellina.

Con la punta affilata del coltello sollevai i quadratini e li sistemai a piramide (come quelle dell'antico Egitto) sul piattino di porcellana di mamma. Le rose della decorazione erano coperte, quindi soltanto la sottile linea d'oro circondava il dolce. Era una bellezza.

Me ne stavo lì a guardare, e all'improvviso, per un attimo, era come se ci fosse stata mamma accanto a me ad ammirare il mio lavoro, quel regalo di cui avevamo parlato e sul quale avevamo fatto progetti quando era ancora viva e credeva che sarebbe stata viva ancora a lungo. Sentii che stavo sorridendo e, al tempo stesso, una lacrima si fece strada lungo la mia guancia e cadde sul tavolo.

La asciugai subito e mi rimisi al lavoro. Dal forno l'osso di daino riempiva la stanza con un tiepido aroma di carne. Lo tirai fuori con un asciugamano ripiegato, per non bruciarmi, e appoggiai il recipiente sulla stufa. L'osso aveva preso un bel colore. Lo portai fuori e lo misi sull'asse con la testa di lupo per farlo raffreddare in fretta, così da avere il tempo di ripassarlo e farlo seccare di nuovo prima che il cane decidesse di rientrare in casa.

Preparare il dolce per papà e l'osso per il cane mi fece venire in mente una cosa: mi chiesi se *per me* ci sarebbe stato un regalo. Mamma me lo dava sempre la mattina di Natale, appena sveglia. Forse, visto che papà era uscito come tutti gli altri giorni, forse non ci sarebbe stato un regalo per me, quest'anno. Una punta di tristezza si insinuò dentro di me.

«Dessa Dean» pensai «non essere ingrata. Hai già avuto il regalo più bello di tutti, l'arrivo del cane».

Quel pensiero mi tirò su, ma in un angolino del mio cuore rimase il desiderio della sorpresa e della gioia che i regali di mamma mi avevano sempre procurato.

Guardai il cielo. Era di un azzurro terso e intenso, ma da dietro la cima della montagna stavano spuntando nuvole nere, il vento stava rinforzando e si sentiva odore di neve, come aveva detto papà.

Per cucinare il coniglio ci sarebbe voluta circa un'ora secondo i miei calcoli, quindi era meglio iniziare a prepararlo e a tagliare le verdure. Pensare alla cena mi fece venire l'acquolina in bocca. Così lasciai l'osso a raffreddarsi in veranda e rientrai in casa, dove mi preparai una fetta di pane e miele e la mangiai mentre mi scaldavo accanto alla stufa.

Appena la mia pancia si quietò, smisi di mangiare, perché volevo dedicare più tempo possibile al coniglio e al purè. E che altro? Un pasto così speciale richiedeva un degno dessert. Avrei potuto aprire una lattina di pesche sciroppate, sicuramente papà avrebbe gradito. Ma non mi sembrava ancora abbastanza. Con tutto il tempo che ci avevo messo tra decorare la casa, pulire, preparare il dolce e l'osso, e con il fatto che il cane ci aveva procurato il piatto forte della cena, be', aprire una lattina mi sembrava poco.

«Brown Betty» furono le due parole che si affacciarono

alla mia mente. Era il dolce perfetto per concludere la cena, ma dovevo sbrigarmi se volevo fare in tempo ad affettare le mele, con tutte le altre cose che c'erano ancora da fare.

Così corsi a prendere l'osso, feci scaldare altro grasso e lo ripassai per bene. Lo misi di nuovo nel forno e alimentai il fuoco con un altro ceppo di pino.

Mi toccava rimescolare ancora, l'ultima cosa al mondo che il mio braccio destro desiderasse. Non era così duro, però, come per l'altro dolce. Dovevo solo girare l'avena con lo zucchero grezzo e la cannella, tutti ingredienti secchi che tra loro si mischiano più facilmente che quelli secchi con i liquidi. Lo stesso vale per i liquidi con i liquidi: comunque più facile. Presi dalla dispensa mezza dozzina di piccole mele verdi. Erano un po' raggrinzite, ma ancora buone. Le affettai rapidamente, attenta a non tagliarmi. Presi lo strutto e lo usai per ungere una nuova teglia per il pane. Aggiunsi strutto in abbondanza anche all'avena, che versai nella teglia. Ci disposi su le fette di mela e spruzzai qualche goccia di aceto. Coprii il tutto con ciò che restava dell'avena zuccherata. Mi era venuta l'acquolina in bocca. Appoggiai la teglia sul tavolo, accanto al dolce di papà, perché la cottura avrebbe richiesto soltanto un'ora, ma mi serviva il ripiano con il tagliere per il lavoro successivo. Ovvero, tagliare le verdure.

Presi sei patate. Sapevo che erano troppe e che non saremmo riusciti a mangiare tutto il purè in un colpo solo, ma prevedevo (come mi aveva insegnato mamma) di usare gli avanzi per fare delle frittelline la mattina dopo. Presi anche una zucca, due rape, quattro carote, una grossa cipolla e iniziai a pelarle e farle a pezzi. Dalle verdure tagliate si sprigionò un odore dolce, che mi fece ricordare quando, in autunno, io e mamma scavavamo nell'orto per raccoglierle.

Per far bollire le patate, misi una pentola piena d'acqua sulla stufa. Tutte le altre verdure finirono nella padella più grande che mamma teneva in casa, ammassate sul bordo, per lasciare lo spazio al centro per il coniglio. Corsi al forno e tirai fuori l'osso del cane, che ormai era diventato marrone scuro per la cottura. Intorno c'era uno strato di grasso di almeno un centimetro. Lo riportai fuori in veranda a raffreddare.

Il cielo ormai era coperto di nuvole scure che si erano piazzate come se fossero le padrone di casa. Iniziavo a preoccuparmi per il cane. Era uscita da molto tempo e non avevo idea di cosa stesse combinando. La immaginavo a tendere un agguato a un altro coniglio. Speravo che tornasse presto, ma al tempo stesso l'osso non era pronto e non volevo rovinarle la sua sorpresa natalizia. Così rientrai in casa con quattordici passi e tagliai il coniglio in otto grossi pezzi, che sistemai al centro della padella. Prima di chiudere con il coperchio, aggiunsi due tazze d'acqua (vale a dire quattro decilitri) e sparsi qualche pizzico delle erbe essiccate di mamma. Timo, salvia, basilico… Infilai un altro ceppo nella stufa, uno di medie dimensioni perché il coniglio cuocesse a fuoco lento. Per questo pensai anche di aspettare un po' che la fiamma si abbassasse prima di mettere dentro la carne e, nell'attesa, mi sedetti a riposare un minuto.

Udii il suono metallico del tegame con l'osso contro le assi della veranda. Con la coda dell'occhio vidi un'ombra davanti all'apertura della porta.

Mi sentii felice e triste allo stesso tempo. Felice perché il cane era tornato, e triste perché di sicuro aveva già trovato l'osso.

– Dai, cane, entra – dissi. – Vuol dire che hai avuto il tuo regalo in anticipo. Non c'è problema.

29

Il Natale perduto

Ma niente. Non era lì.

– Cane? – chiamai.

Silenzio.

Mi chinai in avanti e sbirciai verso la porta.

– Cane? Sei tu, piccola?

Una specie di formicolio dalla punta della testa scese giù verso il collo e mi fece venire la pelle d'oca.

Da dietro la porta mi arrivò il rumore di qualcosa che tirava su con il naso, insieme a un borbottio sordo. Né l'uno né l'altro avevano la voce del cane.

All'improvviso mi sembrò che le mie gambe e il resto del corpo si fossero liquefatti. E tutto ciò che restava di me erano gli occhi e le orecchie.

Sentii l'osso che avevo cucinato per il cane rotolare e sbatacchiare sulle assi di legno della veranda, seguito dal rumore di qualcosa che rosicchiava e sbriciolava qualcos'altro.

Il primo qualcosa doveva essere grande e forte. E stava facendo a pezzi il mio regalo per il cane.

Rimasi seduta, mentre le mie orecchie cercavano di decifrare quel suono.

Rimasi seduta, con gli occhi sbarrati che fissavano la porta, mentre molto lentamente un naso scuro e gommoso e un lungo muso color cannella si stavano infilando dentro.

Capii (ogni cellula del mio corpo lo aveva già capito) che dietro al naso c'era il resto di un orso, tutto intero, che cercava di entrare in casa.

Saltai in piedi, con uno scatto talmente rapido che fu come una frustata per le mie ossa, mentre la sedia si rovesciava a terra. Con mia grande sorpresa le gambe si erano messe a correre per conto loro, portando il resto del mio corpo il più lontano possibile dalla porta.

I miei occhi setacciavano la stanza, alla ricerca di un nascondiglio.

«Sotto il letto?» In una frazione di secondo valutai

che con una zampata, da qualsiasi direzione, mi avrebbe raggiunto facilmente. Meglio di no.

Mi girai di nuovo verso la porta per vedere fino a che punto l'orso era entrato in casa e la risposta fu: con tutto il corpo. Era una femmina, la bestiaccia più grossa che avessi mai visto, lunga come tutto il mio letto, ma scheletrica. Aveva gli occhi affamati e quegli occhi guardavano proprio me.

A ogni passo, le sue lunghe unghie nere sbatacchiavano sul pavimento di legno. Poi si fermò, naso all'aria, annusando come una forsennata. Ruotava la testa di qua e di là, seguendo le tracce dei vari odori di cibo che provenivano dal piano di lavoro, dal tavolo e dalla stufa.

Un pensiero mi attraversò il cervello. Potevo approfittare della sua distrazione per mettere un po' di distanza tra me e lei, ma le mie gambe sembravano aver esaurito le loro risorse, erano più pesanti del piombo. Al massimo potevano affrontare una lenta retromarcia, per quanto nella mia testa urlassi ordini di ogni tipo. Dopo cinque passi tremanti, sentii dietro i piedi il baule delle decorazioni. Non c'era più modo di indietreggiare, in fretta o lentamente che fosse.

L'orsa invece riprese ad avanzare, *clac-clac-clac*. Il naso gommoso annusava in modo spasmodico, proteso verso di me.

Mi fissò con i suoi occhi gialli ed emise un ringhio profondo e cattivo. Mi stava esaminando, per capire se le sarebbe rimasto lo spazio per un dolcetto dopo avermi divorata.

Le mie mani si muovevano in modo inconsulto dietro la schiena, contro il coperchio del baule, come se volessero correre via. E anche il mio cervello correva per conto suo senza riuscire a concentrarsi su un singolo pensiero che mi permettesse di sopravvivere. Tutto quello che mi veniva in mente era che se non avessi scritto e risolto prima di sera almeno un problema con dodici-per-dodici sarei stata in guai seri con papà.

Se la mia testa era tanto confusa, le mie mani sembravano avere le idee più chiare. Nel loro muoversi frenetico sul baule, toccarono il bordo del coperchio, lo strattonarono per aprirlo e richiamarono a raccolta il cervello. «Entra qui» fu tutto ciò che il mio cervello riuscì a mettere insieme. Obbedii, entrai e mi tirai dietro il coperchio, tenendolo stretto con tutta la forza che avevo.

Immobile come un sasso, sedevo nel piccolo spazio oscuro, le ginocchia raccolte al petto, la faccia premuta contro di esse. Il cuore mi batteva all'impazzata contro le costole, il respiro era quasi un rantolo. Ansimavo forte, troppo forte.

Clac-clac-clac. Quel suono mi riempiva le orecchie ed era sempre più forte. L'orsa stava arrivando.

Il piccolo spazio rimasto aperto tra il coperchio e il baule diventò tutto scuro quando il grosso corpo dell'animale mi si parò davanti. Fiutava l'aria, rabbiosa. Sentivo il suono vicinissimo al mio orecchio destro, al di là della sottile parete del baule. Tirava su con il naso e il mio odore le finiva direttamente al cervello. Il muso si spostava su e giù lungo la piccola fessura. Mi annusava e non mi avrebbe mollato.

Mi appiattii ulteriormente e cercai di prepararmi al momento in cui avrebbe scoperto come aprire il baule e l'ultima cosa che avrei visto sarebbe stata la sua gola.

E invece il *clac-clac* delle unghie si allontanò e dalla fessura filtrò di nuovo la luce. L'orsa abbandonava la sua preda!

Ciò che udii subito dopo, però, fu quasi peggio che essere divorata. Il fragore di qualcosa che andava in frantumi. Era il servizio buono di mamma che cadeva a terra.

Avvicinai l'occhio all'apertura e guardai meglio. E ciò

che vidi fu quella bestiaccia maledetta che divorava l'ultimo dei miei perfetti quadratini di dolce al cioccolato. Con il muso aveva già sbattuto giù la salsiera, finita in un milione di miliardi di pezzi, proprio come il mio cuore. Intanto allungava il grugno per raggiungere il Brown Betty che aspettava sul tavolo di essere messo in forno. Si alzò sulle gambe posteriori: era talmente pelle e ossa che la pelliccia penzolava intorno al corpo, come se stesse per scivolarle giù. Poi si appoggiò pesantemente al tavolo, in equilibrio sulle due zampe, mentre divorava il Brown Betty. A quel punto il tavolo iniziò a oscillare e si inclinò verso l'orsa che grugnì e indietreggiò, seguita dal tavolo stesso, con piatti, piattini, bicchieri di cristallo, candelabri e candele.

Le mie braccia scattarono fuori dal baule, contro la mia volontà, come per prendere tutto al volo e salvare il servizio buono della madre della madre di mia madre. La porcellana scivolò e si fracassò al suolo. Rotta. Frammenti e schegge, cocci, roselline e fiori squartati. Ognuno di essi si conficcava dolorosamente nel mio cuore. I miei occhi si riempirono di lacrime mentre guardavo l'orsa che si aggirava tra i pezzi di ceramica (senza prestarmi più attenzione, ormai) leccandosi i baffi dopo aver fatto fuori il regalo di papà e quello che avrebbe dovuto essere il nostro meraviglioso dessert. Quindi si trascinò verso la stufa (*clac-clac-clac*, di nuovo quelle unghie sul pavimento) puntando dritta alle patate, già pronte per essere buttate nell'acqua bollente, e soprattutto al tegame dove avevo messo le verdure di mamma e il coniglio, il regalo di Natale superspeciale che ci aveva fatto il cane.

L'orsa si alzò di nuovo sulle zampe posteriori e ficcò il muso nella nuvola di vapore che si alzava dalla pentola. Fece un guaito e indietreggiò: con mia grande soddisfazione si era bruciata quell'orribile nasaccio con il fumo bollente.

Si trascinò dall'altra parte della stufa e, con fare tutt'altro che delicato, trangugiò fino all'ultimo pezzo di patata.

Poi il suo interesse fu attirato dalla padella. Spostò il coperchio con un colpo di muso. Distolsi lo sguardo dalla fessura, premetti di nuovo la faccia contro le ginocchia e il suono metallico del coperchio caduto diventò l'ululato del vento, mentre un nuovo incubo-di-giorno mi stringeva in una morsa. Mi ritrovai sepolta sempre più a fondo nel freddo e nella neve, di un bianco accecante. Ma all'improvviso, da un luogo più lontano di quel vento crudele, arrivò un altro suono a squarciare la cortina della tempesta. Un suono nuovo.

Erano i latrati di un cane.

«No, Signore, ti prego!» urlai nella mia testa. La neve sparì e il vento si calmò. Ero di nuovo nascosta nel baule. Guardai fuori.

La prima cosa che vidi fu ancora una volta l'orsa, seduta accanto alla stufa. Teneva la padella tra le zampe davanti e leccava le ultime gocce di sugo rimaste sul fondo.

Del coniglio non erano rimaste nemmeno le ossa.

Anche l'ultimo pezzo di zucca, rapa o carota era scomparso nello stomaco.

I miei occhi abbandonarono l'orsa e passarono, lungo il pavimento, sulla bella testa marrone del cane. Teneva la bocca aperta e le abbaiava contro furiosa, come se si trattasse di una persona innocua come papà e non di una bestia feroce. Teneva le labbra tirate indietro e aveva scoperto i denti per mostrarglieli.

L'orsa le rispose con un ringhio, ma non si mosse, anzi ficcò di nuovo il muso nella padella. Non intendeva rinunciare nemmeno a una briciola della nostra cena di Natale.

Il cane smise di abbaiare e la fissò per un lungo minuto. Io capii che era sconcertata perché non le capitava spesso di non ottenere una reazione alle proprie minacce. A quel punto prese ad annusare tutto intorno. Non l'aria, come l'orsa, ma il pavimento e lì per lì pensai che anche lei cercasse del cibo.

Mi sbagliavo.

Seguì la traccia fino al baule dove mi ero nascosta e questa volta lo spazio tra il coperchio e la cassa fu oscurato dal suo grande corpo marrone.

– Cane – bisbigliai – adesso esci e aspetti che l'orsa se ne vada per conto suo. Stalle alla larga.

Il cane gemette e si mise ad annusare nella fessura.

Sentii uno sferragliare proveniente da terra. L'orsa aveva finito e aveva buttato a terra il tegame.

– Cane, va' fuori. Ti prego.

Non mi obbedì. Smise di annusarmi, certo, ma si avvicinò di nuovo all'orsa.

Un ringhio, sommesso ma prolungato, iniziò a uscire dalla gola del cane. Vidi che il pelo le si rizzava sulla schiena. Lentamente, molto lentamente, prese ad avvicinarsi all'orsa.

Quest'ultima non pareva intenzionata a cedere. Il cane le girò intorno fino a trovarsi alle sue spalle e, con un latrato spaventoso, scattò verso di lei, saltando avanti e indietro e mordendole i garretti.

L'orsa girò su se stessa, sollevò il corpo e, senza emettere un verso, diede una zampata al cane, colpendola direttamente alle costole.

30

Sangue!

I guaiti di dolore del cane riempirono la stanza. Capitombolò e si fermò contro una gamba del tavolo. Ma si rialzò con un balzo e riprese a ringhiare all'orsa. Le saltava contro, le girava intorno, era decisa a non mollare. Questa volta i suoi denti colpirono nel segno.

L'orsa urlò di dolore e, senza pensarci due volte, scappò curva su se stessa verso la porta.

Il cane le stava alle calcagna, mordendola e uggiolando per farla correre più in fretta. Arrivata alla porta l'orsa fece per saltare e, nella concitazione della fuga, sbatté contro lo stipite.

Sollevai il coperchio del baule, mi tirai giù bene il berretto e, calpestando rumorosamente i cocci del servizio di mamma, corsi alla porta anch'io. La luce era fioca, a causa delle nuvole che oscuravano il cielo, ma riuscii a distinguere l'orsa che galoppava verso la prima fila di pini e ginepri con dietro il cane, eccitatissima, decisa a farla scappare lontano. La solita zampa storta si muoveva per conto suo. L'eco dei suoi latrati furiosi viaggiò fino a me nell'aria gelida.

– Basta, cane! – le urlai.

Non mi diede retta.

– No, no, cane – sussurrai quando scomparve nel bosco.

Corsi dentro, presi il giaccone dalla sedia e mi precipitai di nuovo in veranda. Dovevo correrle dietro, chiamarla con il nome giusto prima che si facesse male. Schizzai oltre l'asse con la testa di lupo, superai quella con i segni dei miei compleanni e arrivai in fondo alla veranda.

Rimasi con un piede a mezz'aria e protesi il corpo verso l'esterno, decisa ad andare.

Ma la testa iniziò a girarmi e il mio cuore a battere così forte che barcollai all'indietro e persi l'equilibrio. Sbattei contro la parete della casa, che mi sostenne. Inspirai ed espirai a fondo, deglutii.

Riprovai.

Le orecchie mi strinsero in una morsa d'acciaio. Ci

premetti sopra le mani e arrivai al bordo della veranda. Feci un passo nel vuoto con la gamba destra e obbligai il mio piede ad atterrare sul terreno innevato.

– Devo andare – sussurravo testardamente a me stessa. – Devo andare a prendere il cane. Adesso vado a prenderla –. La mia voce suonava come un avvertimento. – Vado –. Feci forza all'altra gamba, staccai il piede dal bordo della veranda e lo portai a terra accanto all'altro.

– E adesso vado a prendere il cane –. Questa volta parlai ad alta voce. E dissi dentro di me: «Se lei può correre con quella zampa storta posso farlo anch'io. Anch'io!».

Le mie orecchie strillavano di non andare, di tornare in casa, ma non ci badai. Mi ci premetti sopra le mani e cercai la stabilità su entrambi i piedi. Tutto il mio corpo sembrava di piombo. Provai a sollevare un piede per fare un passetto, ma non riuscii nemmeno a piegare un ginocchio. L'unica possibilità di alzare il piede era tenere la gamba rigida e inclinare il corpo all'indietro, come un soldato in una parata.

In questo modo riuscii a fare un passo, e un altro e un altro ancora. Ma le nuvole e gli alberi iniziarono a girarmi intorno e facevo fatica perfino a restare dritta. Caddi sulle ginocchia. Provai il formicolio e il senso di disorientamento che preannunciavano un incubo-di-giorno. Ma udii anche una voce, la mia, che gridava: – No! Non sono matta. Non lo sono –. E sentii le mie mani e le mie ginocchia che sfregavano contro la neve ghiacciata mentre strisciavo di nuovo verso la veranda.

Mi appoggiai con tutto il peso contro il muro della casa e riposizionai le mie gambe tremanti sotto il tronco, in modo da ritrovare la posizione eretta. Entrai in casa e arrancai verso la stufa, dove la pentola stava bollendo come se niente fosse successo. Mi afflosciai a terra e piansi fino a sfinirmi perché ero una bambina impaurita, per non essere andata a salvare il cane quando lei aveva rischiato la vita per salvarmi. Il mio era un pianto silenzioso, fatto di lacrime di vergogna, calde e inarrestabili.

Dopo un po', con gli occhi ormai asciutti, mi allontanai dal fuoco rotolando su un fianco. Un singhiozzo strozzato mi saliva da dentro mentre fissavo, senza registrarla, una macchia grande come un uovo sul legno del pavimento.

Ci avevo messo un po' a vederla e mi ci volle altrettanto prima che la mia mente capisse di cosa si trattava.

Sangue. Era sangue.

Saltai in piedi e guardai di nuovo. Era il sangue dell'orsa? Oppure…

Sangue!

– No, no, no – la mia voce era un gemito. – Non il cane. Ti prego, Signore. Non il cane.

Mi si torsero le budella all'idea del cane che correva nel bosco lasciando dietro di sé una scia di sangue, mentre perdeva forza goccia dopo goccia. Il cane che si sdraiava per riposare, per poi cercare di rialzarsi senza riuscirci. I fiocchi di neve che cadevano dal cielo scuro iniziavano a ricoprirla, facendola gelare proprio come…

– No! –. Adesso era un urlo e mi fece scattare in piedi.

Senza contare i passi, corsi al chiodo che faceva da attaccapanni e presi il mio zaino. Tra esso e il muro un ragno aveva tessuto la sua tela, che si sfilacciò. Non persi tempo a spazzolarla via. Tagliai una fetta di pane, la avvolsi in un tovagliolo pulito e, dal cesto dove papà teneva il cibo da portare con sé in montagna ogni giorno, presi quattro pezzi di carne secca di daino.

Se… anzi, *quando* avessi trovato il cane, di sicuro avrebbe avuto bisogno di cibo. Presi qualche straccio pulito da usare come benda se il cane fosse stato ferito, ma «Signore, ti prego, fa che non ce ne sia bisogno» era il mio unico pensiero mentre infilavo tutto nello zaino.

Poi mi avvicinai di nuovo alla macchia di sangue e la fissai a lungo, per trasferire quell'immagine dentro di me.

Mi inginocchiai e ci piantai il polpastrello del dito indice. Il sangue era freddo e appiccicoso, lì fuori dal corpo dove non doveva stare. Mi guardai il dito e memorizzai la sua vischiosità vermiglia.

Mi alzai, mi abbottonai il giaccone, mi misi lo zaino in spalla, infilai i guanti fatti da mamma ai ferri, abbassai il più possibile il berretto di lana sulle orecchie, chiamai a raccolta tutta la mia testardaggine come mai avevo fatto prima. Mi girai a guardare ancora una volta la casa e i miei occhi caddero sull'angelo che, dalla libreria, sembrava osservare tutta la confusione. Sapevo che non era possibile, ma la sua espressione sembrava addolorata. Non riuscivo a sopportarlo. Con infinita dolcezza, presi la statuetta, la avvolsi negli stracci che avevo nello zaino e la portai con me.

– Non sono matta! – urlai con tutto il fiato che avevo in corpo.

E uscii.

31

E finalmente 12 x 12

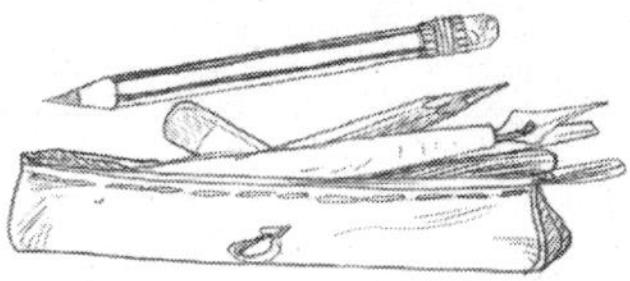

Era tardo pomeriggio. E se anche la luce del sole era praticamente scomparsa, strizzai gli occhi fin quasi a chiuderli, quasi a voler nascondere loro che ero uscita. Erano ridotti a due fessure e li tenevo puntati a terra. Tenendomi attaccata al muro, girai intorno alla casa, fino al retro dove trovai i miei scarponi da neve, appesi a un chiodo, vicino a dove papà teneva i suoi.

– Il cane ha bisogno di me, la piccola ha bisogno di me – ripetevo continuamente, ad alta voce, per essere sicura che, oltre al mio cervello, sentissero bene anche le orecchie. Mi infilai gli scarponi a testa bassa e tornai alla veranda senza staccare la mano dal muro di casa. Ma avrei dovuto farlo, se volevo andare più lontano.

Inspirai e l'aria fredda mi bruciò la gola. Sollevai lo sguardo, alla ricerca delle tracce del cane. E dell'orsa, appena oltre. Eccole! Alcune gocce di sangue chiazzavano la neve. Erano a metà strada tra le zampe posteriori dell'orsa e quelle frontali del cane. Impossibile dire chi delle due fosse ferita.

– Il cane ha bisogno di me – dissi e il vento spazzò via le mie parole così in fretta che temetti di dimenticarle. Così le ripetei più volte. Un respiro e ancora: – Il cane ha bisogno di me. La piccola ha bisogno di me.

Camminavo a fatica nella neve. Non tutte le impronte erano accompagnate da sangue, ma le gocce, dove si vedevano, erano sempre tra i due animali, a volte più vicine all'orsa a volte al cane. Non c'erano ulteriori indizi.

Non permettevo al mio sguardo di spaziare oltre le impronte più vicine. Se l'avessi fatto, mi sarei resa conto di quanto era immenso lo spazio intorno a me, e quanto ero piccola io, in confronto.

Ma le tracce andavano a finire nel bosco e non passò molto tempo che la mia mente cominciasse a vagare per conto suo. Sentivo una specie di panico represso e sapevo che se avessi cercato di esplorare questo sentimento sarei corsa a casa a gambe levate, lasciando il cane al suo destino. Non potevo permettere che accadesse, così strattonai il mio cervello e, per cercare qualcosa per tenerlo occupato, mi venne in mente il mio problema ancora incompiuto con la tabellina del dodici. Improvvisamente, le idee spuntarono come i tulipani di mamma a primavera.

Per esempio: *Se un'enorme orsa color cannella arriva senza invito a casa tua a Natale, e mangia il coniglio dopo averlo rotto in dodici pezzi con i denti, e poi le vengono dodici crampi allo stomaco per ogni pezzo di carne rubata, quanti crampi saranno, in tutto, per quella vecchia zoticona?*

Risoluzione: 12 x 12 = 144

Risposta: Le verranno centoquarantaquattro crampi.

«Il cane ha bisogno di me. La piccola ha bisogno di me.»

Secondo problema: *Se un'orsa buona a nulla color cannella arriva senza invito a casa tua a Natale, e rompe tutto il servizio di porcellana che era della madre della madre di tua madre, e in una zampa le si infilano dodici schegge a ogni passo, bene, quanti passi dovrà fare la vecchia zoticona per ritrovarsi con centoquarantaquattro cocci del servizio buono di mamma finito in pezzi, che le facciano un male dannato in quella dannatissima zampa maledetta?*

Risoluzione: 144 : 12 = 12

Risposta: Dovrà fare dodici passi.

«Il cane ha bisogno di me. La piccola ha bisogno di me.»

A dirla tutta, almeno provai la soddisfazione di aver finito i compiti. Finalmente alzai gli occhi quel tanto che bastava per orientarmi.

Ero nel profondo del bosco e, sebbene potessi ancora individuare le impronte del cane e dell'orsa davanti a me, la luce era già molto fioca. Non si vedevano più le macchie di sangue, se c'erano.

Non solo faceva buio, ma la neve cadeva fitta e pesante. La bufera era iniziata. Mi girai in direzione di casa. Riuscivo ancora a vedere le mie impronte tra gli alberi, lungo il sentiero appena percorso, ma proprio mentre le guardavo il vento iniziò a soffiare a folate ululanti che agitarono la neve e cominciarono a cancellare le impronte del cane, le impronte dell'orsa e le mie.

Mi si annodò lo stomaco, tutto mi faceva ricordare il giorno in cui a sparire erano state le tracce mie e di mamma.

«Il cane ha bisogno di me. La piccola ha bisogno di me.»

Mi girai di nuovo dall'altra parte, ma il vento stava cancellando anche le tracce davanti a me. E pure le impronte più recenti del cane e dell'orsa presto sarebbero state coperte dalla neve.

La paura aveva iniziato a insinuarsi oscura dentro di me, intorpidendo ogni parte del mio corpo. La mia mente girava su se stessa nel tentativo di mettere insieme un piano di salvataggio. Tornare indietro avrebbe voluto dire vagare a lungo, perduta, senza nessuna strada da seguire.

«Sei stata una sciocca, Dessa Dean, a tenere la testa bassa, senza prenderti dei punti di riferimento.»

«Adesso taci» dissi a me stessa, mentre cercavo di concentrarmi e pensare. Se avessi proseguito le vecchie tracce si sarebbero cancellate, è vero, ma almeno ci sarebbero state quelle più recenti a guidarmi. Sempre che fossi riuscita a camminare più veloce, ad avvicinarmi di più alle due fuggitive. Solo in questo caso le tracce sarebbero state ancora visibili quando le avessi raggiunte. Era tutto quello che potevo fare. Così, iniziai a correre in mezzo alla neve.

Il vento aveva una voce lugubre e i fiocchi di neve, che avevano iniziato a cadere soffici e delicati, adesso erano pungenti e ghiacciati. Colpivano le mie guance come cocci di vetro, come schegge di ceramica rotta. Gli occhi mi lacrimavano e mi impedivano di vedere bene, ma andai avanti.

E quanto più indefinite e labili diventavano le orme dell'orsa, altrettanto facevano quelle del cane.

Alla fine mi fermai e guardai la neve con tutta la concentrazione possibile, per individuare il gruppo di impronte successivo.

Ma non c'era. Non c'era niente, a parte la neve. Solo neve. Neve soffice e fresca, che nessuno aveva mai pestato e nemmeno sfiorato. Nient'altro.

Guardai lontano, nella notte. Ma ciò che vidi era soltanto neve. Cadeva così fitta che mi entrava nel naso e nella bocca quando respiravo, così fitta che i pini apparivano per un attimo e poi scomparivano di nuovo nel vortice della bufera.

Mi girai a guardare la strada che avevo appena percorso. Che credevo di aver percorso.

Neve.

E di colpo tutto iniziò a girare e non riuscivo più a sopportare la vista dei mulinelli di ghiaccio e tutto quel turbinio davanti ai miei occhi.

Mi inginocchiai e il freddo attraverso i pantaloni si impadronì delle mie gambe, inchiodandole a terra.

Il vento mi sbatteva di qua e di là, prepotente, e la sua voce sembrava schernirmi e urlarmi alle orecchie parole che mi facevano male, parole che avevo già sentito.

– Fifona! Adesso arriva Jack Frost. Aspetta e vedrai, fifona. Arriva di sicuro.

Freddo e duro come la mano di mamma, il vento mi schiaffeggiò in pieno viso, scagliandomi su un fianco nella neve profonda.

32

Jack Frost

– Mamma!

Piangevo e urlavo vicino al suo orecchio destro. – Josephine Elvira Hubbard, tirati su! Mamma, alzati, alzati. Dobbiamo continuare a muoverci o ci congeleremo. Ti prego, mamma. Ti prego, ti prego, ti prego.

Sapevo, lo sapeva ogni angolo infreddolito del mio cuore, che chiamare, urlare, implorare non sarebbe servito a niente. Mamma ormai era assiderata, Jack Frost era arrivato sul serio e io non ero stata pronta. Guardai la faccia di mamma e capii che le aveva sigillato gli occhi con merletti di neve e diamanti di ghiaccio. Jack Frost era arrivato e io non ero stata pronta. Sfiorai una guancia di mamma e capii che le aveva rubato la morbidezza della vita, lasciando in cambio il freddo profondo e rigido della morte.

– Mamma, ti prego, ti prego, ti prego.

Le parole continuavano a uscirmi come una cantilena, mentre con delicatezza ripulivo dalla neve la fronte di mamma, le sue palpebre, il mento. Lottavo contro Jack Frost nell'unico modo che mi era ancora possibile: evitare che coprisse mamma di neve, che la seppellisse in una tomba di ghiaccio.

Con una raffica di vento, Jack Frost mi soffiò la neve gelata negli occhi, per accecarmi e continuare il suo lavoro con mamma, ma io non glielo avrei permesso. Mai e poi mai. Strizzai forte gli occhi per impedire che li colpisse con i suoi aghi di ghiaccio.

– Ti prego, mamma. Ti prego, ti prego, mamma. Ti prego.

Trovai a tentoni la fronte di mamma e la ripulii dalla neve, e ancora, ancora, fino a quanto sentii che tutto il mio corpo era pesante e intorpidito e che avrei potuto provare all'infinito, ma il mio braccio non era più in grado di sollevarsi. Con l'ultimo filo di energia che riuscii a chiamare a raccolta, mi sdraiai su mamma, per proteggerla con il mio corpo.

– Mamma! Ti-prego-ti-prego-ti-prego…

La mia voce non era altro che un sussurro impercettibile nell'ululato del vento. Premetti una guancia contro quella di mamma e la neve che si era posata sulla sua faccia congelata diventò acqua che scese sulla mia pelle come una lacrima.

Più tardi, molto più tardi, fui svegliata dal vento, che aveva un suono diverso. Si lamentava, triste e lieve, vicino al mio orecchio. Allungai la mano verso la guancia di mamma per spazzare via la neve ancora una volta. Ma non era la sua guancia che toccai. Ritirai veloce la mano. Ciò che avevo toccato era freddo, ma non morto. Non poteva essere mamma, di questo ero certa. Un senso di panico crebbe nel mio petto e si impossessò del mio respiro al pensiero che potesse essere Jack Frost in persona. Terrorizzata ma incapace di fermarmi, socchiusi gli occhi e sbirciai.

Jack Frost, che portava una lussuosa pelliccia marrone per difendersi dal freddo. A quella vista, sentii una rabbia cieca montarmi dentro. Ma come, non era in grado di sopportare l'aria gelida che aveva portato lui stesso? «Vigliacco!» pensai.

La furia mi colpì come un pugno. La sentii scorrere lungo il braccio e mi permise di spingerlo con forza.

– Vigliacco! – gli urlai in faccia.

– Uof.

Spalancai gli occhi e guardai meglio. Il mio cervello disorientato dal freddo e dall'incubo-di-giorno ci mise un po' a capire che non era arrivato Jack Frost. Era il cane.

Il cane. Era tornata!

Cercai di mettermi a sedere, ma una pesante coltre di neve si era stesa su di me come un sudario. Dovetti compiere uno sforzo enorme per alzarmi e oppormi alla debolezza e allo spaesamento provocati dall'incubo-di-giorno. Alla fine avevo il fiatone. Lentamente tesi una mano verso il cane e le abbracciai il collo. Mi leccò le guance, il naso, le palpebre e questo mi riscaldò e mi riportò al presente.

– Oh, cane – dissi. Le mie labbra erano pesanti e la lingua intorpidita per il freddo. – Allora stai bene, stai bene –. Le diedi un altro debole abbraccio.

– Rrra.

Guardai oltre la testa del cane, nel buio. Il buio profondo della notte. Nevicava sempre forte, il vento continuava ad agitarsi e a percuotere colline, dossi e avvallamenti.

– Cane, ci siamo perse – bisbigliai e a quelle parole tutta la gioia di rivederla e la speranza svanirono dal mio cuore.

– Ti sono corsa dietro, perché tu correvi dietro all'orsa che probabilmente è l'unica che sapeva dov'era diretta.

Il cane si sedette e sentii che la sua coda batteva sulla neve. Con il muso indicò un punto nel buio.

– Rrru!

Era il verso che faceva sempre quando voleva qualcosa.

– Hai ragione, ho fame anch'io –. Scacciai i brutti pensieri e mi sfilai lo zaino. Le mie dita intirizzite ci misero un po' a trovare la carne secca e il pane e, nella ricerca, sfiorarono la statuetta dell'angelo.

Non lo dissi al cane, e nemmeno permisi al mio cervello di registrare il pensiero, ma avevo la punta delle dita insensibili, di certo un inizio di assideramento. Mi attraversò un brivido, non di freddo ma di paura, al pensiero che Jack Frost non mi aveva preso per un pelo.

Dovetti fare uno sforzo per riuscire ad afferrare la carne secca. Ne infilai un pezzo nella bocca del cane. Poi venne il mio turno. Tenni il pane con entrambe le mani e ne staccai un boccone a morsi.

Non lo avevo ancora mandato giù, che già il cane mi chiedeva altra carne. Divorò pure questo pezzo. Non ne chiese un terzo, ma si mise a darmi colpetti a un ginocchio con il naso. La ignorai per quanto potei, ma spingeva sempre più forte, finché me la ritrovai a dare testate contro la mia gamba. L'ultima mi fece perdere l'equilibrio: se continuavamo così sarei caduta di nuovo lunga distesa. Preferii alzarmi in piedi.

Il cane si allontanò pochi passi da me, a muso teso.

– Rrru.

Voleva andare avanti. Era intenzionata a inseguire ancora l'orsa.

– Non è una buona idea – dissi.

– Uof!

Andò avanti, distanziandomi, e a malapena riuscivo a scorgerla tra il buio e la neve. Jack Frost mi avrebbe acchiappato questa volta. Oppure l'orsa, se avessimo continuato a seguirla. Ma eravamo insieme, almeno.

– Arrivo. Aspettami lì, sto arrivando, cane.

Trafficai con le cinghie dello zaino, per caricarmelo in spalla. Sembrava molto più pesante di quando ero uscita.

La neve adesso era bagnata e pesante, e ogni passo mi richiedeva uno sforzo, ma i miei piedi non volevano saperne di muoversi. Ero lenta, molto lenta.

Il cane continuava ad andare avanti e appena si rese conto che non ce la facevo abbaiò per incoraggiarmi. Si fermava di tanto in tanto per permettermi di raggiungerla, infine ripartiva. Alla lunga, però, sembrava frustrata per i miei progressi minimi.

Tornò da me, mi si mise al fianco, premendo sulla mia gamba, in modo che il suo peso mi spingesse a fare un altro passo, ancora uno.

Forza, forza, forza. Fu lei a farmi avanzare a fatica, tra cumuli di neve che mi arrivavano alla vita, tra rovi che spuntavano con le loro spine e mi graffiavano le guance congelate. A ogni passo, in qualsiasi direzione, il suo corpo premeva contro la mia gamba e mi obbligava a proseguire.

Non sentivo più le dita dei piedi. E se per questo camminare era diventato un po' meno doloroso, voleva anche dire che Jack Frost era sulle mie tracce, sempre intenzionato a portarmi via.

Proseguimmo per un tempo indefinito, mentre una stanchezza ancora più pesante della neve, ancora più ossessiva del vento, si insinuava dentro di me, fino a quando non potei più ignorarla.

– Cane, non credo di farcela a continuare.

Barcollai e sarei caduta, se il cane non avesse alzato la testa per sostenermi le anche, premendo ancora più forte con il suo corpo. Riuscii a fare un altro passo, e poi un altro. Inciampavo nelle rocce, sulle mie stesse scarpe, ma il cane ogni volta mi prendeva al volo, finché smisi di discutere e decisi che avrei continuato fino allo stremo delle forze.

All'improvviso, dopo un numero di passi che mi sembrò infinito, uno scarpone mi si impuntò contro un ostacolo grande e solido e nemmeno il cane, stavolta, riuscì a reggermi. Caddi in avanti, lunga distesa sul terreno, ma anziché colpire la neve il mento cozzò contro qualcosa di molto più duro. Sentii il contraccolpo nei denti.

Guardai nell'oscurità e pensai che il colpo mi avesse stordita, ma davanti ai miei occhi lampeggiò un lungo rettangolo di luce, dove si stagliò la figura di un uomo.

Jack Frost.

– Scappa, cane, scappa – riuscii a mormorare, prima che mi prendesse in braccio e mi portasse via.

33

La porta chiusa

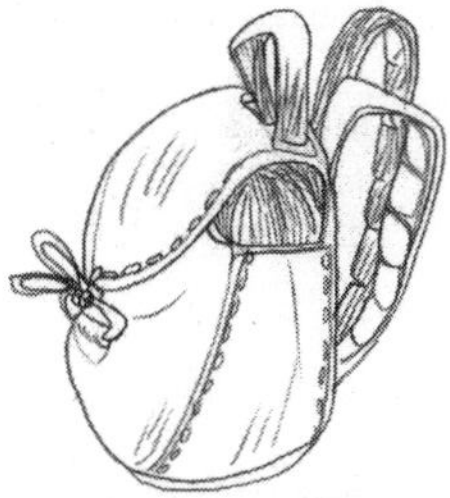

– Dessa Dean?

Le mie orecchie riconobbero la voce tremante di papà e subito dopo una lingua umida e calda spazzolò la mia guancia e seppi che lì con me c'era anche il cane. Allungai entrambe le mani: una incontrò la testa del cane, l'altra trovò rifugio in quella ben più grande di papà. A quel punto aprii gli occhi e mi guardai intorno.

Ero nel mio letto, vicino alla stufa ben rifornita di legna. A casa.

Ero a casa.

– Come hai fatto a trovarci, papà? –. La mia voce era un roco sussurro.

Lo sguardo di papà era sconcertato.

– Dessa Dean, non vi ho trovato io. È stato il cane a riportarti qui.

– Pensavo volesse inseguire l'orsa.

– Che orsa? Che cosa è accaduto qui, Dessa Dean?

– Sì, l'orsa. Ha rotto il servizio di porcellana di mamma e si è mangiata la nostra cena di Natale e anche il tuo regalo. E pure l'osso per il cane.

Feci una smorfia, ma non piansi. Le lacrime erano state tutte prosciugate dal vento e dal freddo.

Papà mi strinse forte, in un abbraccio caldo e intimo e io, tra i singhiozzi, gli raccontai tutto. E poi fu lui a dirmi che era rientrato a casa, aveva trovato quel disastro e lo aveva invaso il terrore di cosa potesse esserci successo, a me e al cane. E allora aveva preso una lanterna e infilato in tutta fretta nello zaino coperte e acqua e aveva appena aperto la porta per venirci a cercare quando... BAM! Il cane mi aveva riconsegnato proprio sulla soglia di casa, così vicino che non avrei potuto mancarla nemmeno per sbaglio.

Mi portai una mano alla fronte, dove in effetti era spuntato un bel bernoccolo.

– Mi meraviglio che sia stato così duro scacciare via l'orsa. Doveva essere mezza morta di fame.

– Ma era intenzionata a mangiare tutto. Era pelle e ossa. Anzi, soprattutto pelle, che le penzolava dal corpo. Sballonzolava tutta quando si muoveva.

– Probabilmente era rimasta rintanata per il brutto tempo e aveva bisogno di fare un po' di scorte prima che una nuova tempesta la costringesse a stare nella sua tana. È proprio un cane coraggioso, se ha affrontato un'orsa affamata, Dessa Dean.

– Sì, è tutto merito suo.

Allungai di nuovo la mano e tirai la testa del cane verso di me, stringendola leggermente.

Papà preparò una zuppa di zampetti di daino e, mentre aspettavamo che bollisse, guardò le mie dita assiderate e appoggiò un asciugamano caldo sulle zampe del cane per aiutarla a scongelarle.

– Mi sento di dire che nessuna di voi due perderà un dito delle mani o dei piedi o una zampa, Dessa Dean. Il cane ti ha portata a casa appena in tempo.

– Papà, hai visto se ha qualche ferita o qualche morso? Qualcuno… lei o l'orsa, non so… ha perso sangue sulla neve.

Papà esaminò con delicatezza ogni centimetro quadrato del corpo del cane e lei lo lasciò fare senza discutere.

– Il sangue era dell'orsa, il cane non ha un taglio.

Tirai un lunghissimo sospiro di sollievo.

Dopo una scodella di zuppa fumante, papà mi guardò, con le labbra contratte.

– Non è una buona idea lasciare la porta aperta, Dessa Dean. Il cane dovrà abituarsi, non voglio vederti rischiare ancora la tua incolumità.

– Ma non posso mandarla a dormire fuori al freddo. E io non sarei più qui se non fosse stato per lei.

Papà fece segno di no, con molta decisione, e andò alla porta.

Il cane era acciambellato a terra accanto a me, ma quando vide papà muoversi, saltò in piedi e gli andò incontro. Si sedette proprio di fronte a lui e abbaiò.

– Silenzio, adesso – le disse.

– Uof!

– Dentro con la porta chiusa o fuori con la porta chiusa. Scegli.

– Uof. Uof-uof-uof-uof-uof.

Guardavo la scena con il cuore pesante per la tristezza.

– Adesso basta, cane – ordinò papà.

– Uof – rispose lei, sempre ferma davanti a lui, guardandolo dritto negli occhi. Papà scosse il capo e andò verso la porta, ma il cane si alzò sulle quattro zampe, fece qualche passo per avvicinarsi a lui e si mise a spingergli le gambe come aveva fatto con me poco prima, per riportarmi a casa. Era abbastanza grossa per obbligare papà a fare un passo di lato, così che si ritrovò appoggiato alla porta e la chiuse con il proprio peso.

– Uof – disse il cane ancora una volta.

E senza aggiungere altro, si avvicinò di nuovo al mio letto, si accasciò, fece un lungo sospiro e chiuse gli occhi.

Il mio sguardo incontrò quello di papà. Entrambi avevamo le sopracciglia inarcate, ma non facemmo commenti.

– Buon Natale, papà.

– Buon Natale, Dessa Dean.

Stavo per rannicchiarmi per bene sotto le coperte, poi mi venne in mente. Facendo attenzione a non pestare pezzi di ceramica, andai in punta di piedi a uno dei chiodi dove papà aveva appeso il mio zaino e lo tirai giù. Aprii la fibbia e ci infilai dentro le dita e iniziai a cercare. Trovato. Presi l'involto di stracci e tornai a letto. Una volta al calduccio, tra le coperte, liberai l'angelo e lo appoggiai sul cuscino, accanto alla mia guancia. Poi sporsi un braccio fuori dal bordo del letto e la mia mano incontrò la grossa testa ormai familiare.

– Buon Natale, cane.

L'ultimo suono che udii prima di addormentarmi era la scopa che si muoveva avanti e indietro sul pavimento, spazzando via ciò che restava del servizio di porcellana di mamma.

Mi svegliai dopo molte ore e mi sedetti subito sul letto, ancora al buio. Mi sentivo le farfalle nello stomaco, non per la paura, ma per l'eccitazione. Cercai il cane e lo trovai accanto al mio letto, con il corpo inclinato appoggiato a esso, come se volesse spingere verso casa pure quello. Sollevai una delle sue orecchie a penzoloni e le sussurrai: – Adesso so qual è il nome giusto per te. Ne sono sicura.

34

Il vero nome

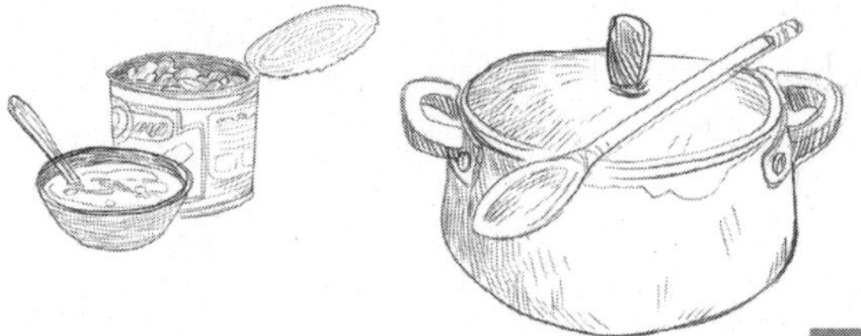

Era ancora buio quando mi svegliai, la mattina successiva. Il cane mi stava piagnucolando all'orecchio e papà trafficava alla credenza. Tirai fuori un braccio dalle coperte e diedi una grattatina alla testa del cane, poi mi alzai e andai verso la porta, con lei dietro. La aprii quel tanto che bastava per permetterle di passare. La bufera era terminata, le stelle luccicavano nel cielo e la luna piena sembrava galleggiare nell'aria, in alto.

Il cane uscì rapidamente e andò dietro alla casa. Aspettai un po', giusto il tempo che si sgranchisse le zampe, e poi la chiamai: – Spinta! –. Io stessa mi stupii del tono sicuro della mia voce. Rimasi in attesa, aspettandomi da un momento all'altro di sentire un suono di risposta.

Niente.

– Spinta! – chiamai di nuovo, con un tono più alto e sicuro.

Niente, nemmeno stavolta. Il dubbio si insinuò nella mia mente: anche per gli altri nomi ero sicura.

Uscii zitta zitta dalla veranda, girai l'angolo di casa e misi le mani a coppa davanti alla bocca per chiamare: – Spinta! Torna in casa subito!

Non avevo ancora finito la frase, che alle mie orecchie arrivò il suono di uno scalpiccio sulla neve ghiacciata e i miei occhi si riempirono della visione del cane che correva da me a saltelloni.

L'aria quasi mi congelò i denti, per il sorriso enorme che si disegnò sulla mia faccia.

– Brava, Spinta, brava –. La abbracciai stretta.

– Rrra – disse lei e mi seguì in casa.

Chiusi la porta e andai in tutta fretta alla stufa. Papà l'aveva riempita di legna per cominciare la giornata e la lampada era accesa.

– Indovina, ho trovato il nome giusto.

Papà si girò e mi sorrise.

– Sul serio – aggiunsi e gli sorrisi di rimando.

– Questo significa che ha trovato anche lei la casa giusta,

Dessa Dean. Un cane sa quando ha trovato l'anima gemella.

Fu allora che i miei occhi caddero sul tavolo. Papà seguì il mio sguardo.

– L'orsa ha risparmiato un bicchiere, un candelabro e un piattino da dessert del servizio di mamma.

– Tutti e tre erano sul tavolo, radi e solitari. Al piattino mancava pure un pezzo e il vuoto sembrava una ferita.

– Il piattino era destinato al tuo dolce al cioccolato, papà. Mamma e io avevamo iniziato a pensarci fin dall'estate.

Mi misi a piangere.

Papà si avvicinò, si abbassò sulle ginocchia davanti a me e mi mise un braccio intorno alle spalle.

– Dessa Dean, il regalo di Natale più bello da parte tua, tua e di Spinta, è averti qui sana e salva. Trovare la casa in quello stato, l'altra notte… Be', non mi aveva dato molte speranze.

Guardai papà in viso e mi accorsi che anche i suoi occhi erano pieni di lacrime.

– Anch'io sono tanto felice per questo, sul serio. Solo che adesso dovrò aspettare un altro anno intero prima del prossimo Natale e poi tutte le cose più preziose di mamma si sono rotte.

Le mie spalle iniziarono a tremare e sentii che la mia faccia si contraeva, malgrado i miei sforzi.

– Dessa Dean, vieni un po' qui a vedere che c'è –. Papà appoggiò le mani sulle mie spalle e mi guidò dolcemente verso la credenza. Sul ripiano del tagliere c'era il suo zaino sbrindellato, con la tesa aperta. Il manico della padella sporgeva fuori. Papà aprì bene lo zaino. Dentro c'erano anche la borraccia, una bella quantità di carote, lardo, un'accetta e i fiammiferi, il tutto sistemato nella padella.

Non capivo.

– Vai di nuovo in montagna? Starai via molti giorni?

Sentii invadermi da una tristezza enorme. Era già stato orribile perdere il nostro Natale, non volevo perdere pure papà. No, no, no.

– Noooo, bambina. Voglio dire che avremo la nostra cena natalizia. Nessun orso malefico potrà impedircelo. Oggi lascerò perdere le trappole, già ieri mattina avevo deciso di andare giù al torrente, quando ho visto che la corrente ha ripreso più forte. Sono sicuro che il ghiaccio del nostro buco per la pesca ha iniziato a sciogliersi. Con un po' di fortuna, prenderemo una bella trota.

Papà si fermò. Mi guardò dritto negli occhi, con le

sopracciglia distese e sollevate. Nel suo sguardo c'era la speranza. Silenziosa, in attesa.

Era da tempo, molto tempo, che non vedevo la speranza negli occhi di papà.

– Che dici, ce la facciamo, Dessa Dean?

Mi risucchiai le guance tra i denti e mi sentii attraversare di nuovo dal terrore della notte precedente. Pensai a Jack Frost che mi stava addosso. Pensai all'incubo-di-giorno e al fatto di aver visto ancora una volta la morte di mamma. Pensai che sapevo benissimo che cosa avrei dovuto affrontare uscendo di casa, nel mondo esterno, eppure l'avevo fatto. E pensai a Spinta, che mi aveva trovata e si era appoggiata alle mie gambe, per spingermi di nuovo a casa.

Abbassai gli occhi.

Spinta era accanto a me, appoggiata ancora una volta alle mie gambe.

– Sissignore, credo proprio che ce la possiamo fare.

35

Rrru!

Papà applaudì e si sfregò le mani.

– Bene, allora. Dessa Dean sali sulla credenza e prendi altri due piatti piani del servizio di mamma.

Non riuscii a trattenere un sorriso e nemmeno ci provai. Mi limitai ad avvicinare lo sgabello alla credenza, ci salii sopra, mi issai sul ripiano del tagliere e mi alzai in piedi. Papà mi aprì lo sportello e io mi allungai e tirai fuori i piatti, passandoli a lui, uno dopo l'altro. Come se niente fosse.

Papà si procurò una coperta di lana e con grande cura vi avvolse i piatti, facendo diversi giri, per essere sicuro che fossero ben protetti, poi chiuse il fagotto con uno spago e lo infilò con delicatezza nel suo zaino.

Presi due forchette e due coltelli dal cassetto dell'argenteria di mamma, li avvolsi in un asciugamano per i piatti con gli orli ricamati, uno in verde, l'altro in rosso, e misi anch'essi nello zaino, sopra i piatti. Per ultimo, infilai la ciotola di Spinta.

– Dessa Dean, controlla se nella farina di mais ci sono dei vermi da usare come esche, oppure dovremo cercare dei bruchi sotto la legna.

Obbedii e setacciai la farina finché non ne misi insieme mezza dozzina, belli grossi, che feci entrare in una scatolina.

Papà controllò di avere il suo coltello infilato alla cintura.

– Pronte? – mi chiese.

– Pronte – risposi io.

Ci coprimmo ben bene, con i nostri giacconi più pesanti, io presi i miei guanti, che papà aveva messo ad asciugare vicino alla stufa, e infilai le mani nel loro tepore accogliente.

Papà aprì la porta e il cane uscì con un balzo.

Mi abbassai il berretto sulla fronte e feci un passo nella veranda.

Il sole spuntava da dietro il canyon, tingendo di rosa la parete a est. Il cielo invernale, da grigio, stava gradualmente diventando azzurro.

Inspirai a fondo l'aria gelida di quel giorno nuovo di zecca e sentii che mi rinfrescava da dentro, in un modo piacevole.

I miei scarponi erano ancora lì, dove papà li aveva

buttati la sera prima. Me li misi ai piedi, mentre papà staccò i suoi dal chiodo dove erano appesi, sul retro della casa, e recuperò la canna da pesca dalla rimessa.

Il cane saltò in mezzo alla neve, scodinzolando e sorridendomi.

– Rrra!

Scesi dalla veranda e mi staccai dal muro della casa. Rimasi immobile per un minuto, per vedere se mi girava la testa o se le orecchie ricominciavano a tormentarmi.

Niente di tutto questo. Al contrario, una vecchia felicità che avevo quasi dimenticato si fece strada dentro di me. Mi girai verso il sole che stava sorgendo e il suo calore si diffuse sulla mia faccia come un sorriso.

Lasciai che il sorriso del sole diventasse il mio e mi girai verso il cane, poi verso papà. Quando i miei occhi incontrarono i suoi, ciò che vidi era orgoglio, orgoglio allo stato puro. E il sorriso più grande del mondo. Ci avviammo tutti e tre verso Willow Creek, il torrente, mentre l'aria diventava a ogni minuto un po' più tiepida.

Malgrado la neve, tanta e fresca, era pieno di tracce. Tre topolini erano spuntati dalle loro gallerie scavate sotto la neve ed erano corsi su e giù e in circolo, come in una danza topesca. Il cane seguì con il naso il loro odore tutto intorno alle impronte del balletto. Curvava, girava su se stessa... Io e papà ci mettemmo a ridere.

– Guarda, Dessa Dean. Di chi sono quelle impronte? –. Papà mi indicò delle tracce davanti a noi, sul limitare del bosco.

Mi sentii leggermente intimidita. Era passato così tanto tempo dall'ultima volta che ero uscita fuori di casa a leggere "il giornale del mattino" che non volevo deludere papà. Ma andai ugualmente a vedere e mi accovacciai vicino alle orme, per osservare con calma i particolari.

Erano delicate e tracciavano una linea retta sulla neve. Le impronte delle zampe davanti mostravano quattro dita (benché sapessi che l'animale a cui appartenevano ne avesse in realtà cinque) ed erano sovrapposte a quelle posteriori. Queste caratteristiche mi davano già due informazioni essenziali: che animale fosse e la velocità con cui correva. L'estensione della traccia era di poco superiore ai sette centimetri e mezzo per il passo veloce dell'animale, tanto che le zampe posteriori appoggiavano appena davanti alle orme lasciate dalle zampe anteriori nel passo precedente. L'animale si doveva essere fermato di tanto in tanto, perché ogni pochi passi si vedeva dove aveva infilato il muso per annusare.

Mi alzai e guardai papà.

– Una volpe rossa in cerca della sua colazione, passata da poco tempo.

Papà annuì, con gli occhi che gli brillavano, ed entrò nel bosco.

Abbassai i miei su Spinta. Aveva il muso puntato verso il cielo. Seguii il suo sguardo. Un enorme stormo di oche selvatiche volava in perfetta formazione, a punta di freccia, davanti alla pallida luna piena, ancora appesa lassù. Quando passarono vicino a noi, i loro versi di incitamento riempirono le mie orecchie e il mio cuore.

Sorrisi al cane che ricambiò con uno scodinzolio, e seguimmo papà tra i pini e i ginepri.

Camminavamo a fatica nelle neve fresca, con i nostri scarponi, mentre Spinta saltellava come un daino. Alla fine si ritrovò ansimante, con il fiato che formava una nuvoletta nell'aria, e allora si fermò, infilò il naso nella neve e, quando ne uscì, il muso era bianco e luccicante.

– Uof – fece e si mise a correre in circolo.

Se vedevo una pigna tra i rami degli alberi, mi fermavo a raccogliere i pinoli, pensando al saporino che avrebbero dato alle trote pescate da papà.

Arrivammo al torrente, che in alcuni punti scintillava

sotto strati e strati di ghiaccio, ma in altri, dove il ghiaccio iniziava a sciogliersi, scaturiva formando bolle di schiuma.

Seguimmo tutti e tre la corrente fino al nostro punto di pesca preferito, un profondo buco scavato nel ghiaccio vicino alla riva. L'acqua scorreva veloce e aveva fatto fondere il ghiaccio, lasciando un'apertura abbastanza grande proprio in corrispondenza di una zona dove i pesci passavano l'inverno.

Papà posò la canna e lo zaino ed entrambi andammo alla ricerca di aghi di pino secchi e rametti morti per accendere il fuoco.

Mentre Spinta si rotolava nella neve e papà usava l'accetta per ricavare da un vecchio tronco di cedro pezzi da mettere nel fuoco, io disponevo ad anello alcune pietre.

In poco tempo papà ottenne un fuoco degno di questo nome e ci mettemmo a pescare. Papà immerse la lenza nell'acqua, con un piombo e un verme infilzato nell'amo. La lenza scese sempre più in profondità e non passò molto prima che abboccasse una trota lunga come il mio avambraccio. Era bella, con le scaglie dorate disseminate di lentiggini nere e una striscia arancione sotto le branchie.

Lanciò di nuovo l'amo. Be', abboccò subito un'altra trota, resa imprudente dalla fame dell'inverno.

Ci sorridemmo, scuotendo il capo, stupiti dalla nostra stessa fortuna, e papà iniziò a pulire i due pesci. Spinta si era messa comoda e studiava dalla sua posizione ogni mossa di papà.

Si alzò e si stirò nel modo consueto, in due tempi, con aria molto disinvolta e poi (con cautela e molto, molto lentamente, come se le facesse male) entrò nel letto ghiacciato del torrente. Rimase ferma lì a fissare il nostro buco per la pesca. I minuti passavano e Spinta non muoveva un muscolo.

E proprio mentre cominciavo ad annoiarmi di stare lì a guardarla, ecco che scattò come un fulmine. Era bellissima da vedere. Saltò con le zampe davanti aperte e immerse tutta la testa nell'acqua. Fu questione di un decimo di secondo. E altrettanto velocemente, riemerse felice con una grossa trota tra i denti.

Uscì dal torrente e diede una scrollata come se volesse staccarsi le orecchie dalla testa. Poi, con infinita delicatezza, depose la trota nella padella.

Papà e io ridemmo come pazzi e papà ammise che la gara di pesca l'aveva vinta lei, non c'erano dubbi. Le trote friggevano e sfrigolavano sul fuoco, quando mi accorsi che papà fischiettava. Era da molto tempo che non lo faceva.

Mentre affettavo le carote e schiacciavo i pinoli da spargere sulle trote ormai abbrustolite, mi sentii felice, felice e basta, e mi misi a canticchiare. Pure io non lo facevo da molto tempo.

Anche se con un giorno di ritardo, era la festa di Natale più bella che potessimo avere, nel bosco, a mangiare pesce appena pescato e carote croccanti, nei piatti del servizio buono di mamma. Finito il banchetto, a pancia piena, ci sedemmo con la schiena contro gli alberi e le rocce, e Spinta si accucciò al mio fianco e non facemmo altro che pensare al pranzetto appena consumato e goderci il paesaggio. Leggere e bianche, le nuvole passavano lentamente sopra di noi. Una aveva la forma di un pesce, un'altra di un cane con le orecchie penzolanti.

Papà mise sul fuoco l'ultimo pezzo del tronco di cedro, io mi avvicinai per scaldarmi le mani e vidi il fumo che saliva leggero verso la luna. Fu allora, in quel silenzio, che il mio malumore ricominciò a punzecchiarmi, come se nel mio scarpone si fosse infilata una scheggia di porcellana. Alla fine non riuscii più a trattenermi: – Papà – chiesi – ci sarebbe stato un regalo di Natale per me, se quell'orsa non fosse entrata in casa e avesse fatto fuori tutto?

Si alzò così di scatto che spaventò il cane, che balzò in

piedi e ringhiò verso il bosco. Papà sembrava sorpreso, come se la conversazione fosse scivolata su un terreno spinoso.

Fece una risata e scosse il capo. Tirò a sé lo zaino e si mise a rovistare nello scomparto esterno.

– Chiudi gli occhi, Dessa Dean – mi disse – e stai ferma immobile.

Obbedii e un attimo dopo sentii che mi aveva tolto il berretto ruvido di lana e per l'elettricità mi si rizzarono i capelli. Dovetti lottare con me stessa per non coprirmi subito le orecchie con le mani, per proteggerle dal freddo. Poi, sentii sulla mia testa qualcosa di soffice, qualcosa di caldo e confortante.

– Va bene, Dessa Dean.

Con le mani mi tastai la testa. Lentamente e con delicatezza mi tolsi il morbido copricapo e lo guardai.

Oh!

Tra le mani tenevo un bellissimo cappello invernale grigio, fatto con pelli di coniglio cucite insieme.

– Oh, papà –. Non riuscii ad aggiungere altro.

– L'ha fatto mamma. Io ho messo le trappole e tinto le pelli la scorsa primavera e durante l'estate lei le ha cucite insieme. È il tuo regalo di Natale, da parte mia e di tua madre.

Le lacrime uscirono copiose mentre mi rimettevo il cappello sulla testa, tirandolo giù per coprire bene le orecchie. Non erano solo lacrime di tristezza, ma anche di meraviglia, perché mamma non c'era più, ma era riuscita lo stesso a farmi un regalo di Natale. Un regalo che assomigliava molto a un abbraccio. Il regalo più perfetto che io e chiunque altro al mondo avessimo mai ricevuto. Su questo non avevo dubbi.

E non pungeva per niente.

Mi sedetti di nuovo comoda e guardai in alto la luna bianca e così leggera da sembrare appesa sopra i pini. Era quasi pronta per andare a dormire. Era la luna post natalizia più bella, più grande e più rotonda che avessi mai visto.

Immaginai che da qualche parte, nel profondo del bosco, quella maledetta orsa color cannella dormisse acciambellata sotto la stessa luna, per digerire il banchetto che le avevamo fornito. Pensai al servizio di porcellana di mamma in frantumi e alla nostra cena rovinata e mi prese un senso di nausea. Non riuscii a trattenere un sospiro.

– Che cosa ti fa star male, Dessa Dean? – chiese papà.

Glielo spiegai.

– Per come la vedo io, quell'orsa ci ha fatto un favore. La cena di Natale è un prezzo piccolo per quello che ci ha dato in cambio.

Rimasi a bocca spalancata per lo stupore.

– Come ti è venuta questa idea? – chiesi.

– Allora, se non fosse stato per quell'orsa un po' nervosa, dubito che ora ce ne staremmo qui, sulla riva del Willow Creek, io e te, di nuovo fuori nel mondo esterno.

Scrollai il capo e ci pensai su.

– Sai che hai ragione? – dissi dopo un po'.

E mentre ci meditavo ancora, pensai che in fondo molti pezzi del servizio di porcellana erano ancora al sicuro nella credenza. E che se anche avevamo dovuto sacrificare il coniglio cacciato da Spinta, in fin dei conti avevamo avuto un banchetto a base di trote appena pescate.

Spinta, dal suo posto accanto al fuoco, si rigirò, poi si alzò in piedi, si stiracchiò e trotterellando venne a sedersi da me.

Si addormentò profondamente, appoggiata a me e io mi appoggiai a lei.

– Buon Natale, Spinta – le sussurrai quasi cantando.

Mi leccò il naso e alzò il suo morbido muso marrone verso il cielo, verso la luna sempre più pallida, nell'aria fredda di quella mattina d'inverno.

– Rrru – mi rispose, e sembrava che canticchiasse pure lei. – Rrru.

E pensai che non esistevano parole migliori.

Indice